Revidierte Neuauflage Oktober 2015
Herstellung und Verlag:
BoD – Books on Demand, Norderstedt
ISBN: 978-3-7347-9181-9

„Ich habe dir nichts getan.
Nun ist mir traurig zumut.
An den Hängen der Eisenbahn
Leuchtet der Ginster so gut.

Vorbei – verjährt –
Doch nimmer vergessen.
Ich reise.
Alles, was lange währt,
Ist leise.

Die Zeit entstellt
Alle Lebewesen.
Ein Hund bellt.
Er kann nicht lesen.
Er kann nicht schreiben.
Wir können nicht bleiben".

(Aus Joachim Ringelnatz: Ich habe dich so lieb)

Für

Fine-Juliana
Ella Martha
Lynn-Freddie
Ina-Sophie

W. Sophie Reich

Planmäßige Ankunft

Erzählungen

Fotos: Cover, Dampflok, Panzer: mit freundlicher Genehmigung von Florian Haberey, Bochum.

Mein besonderer Dank gilt Claudia Menzel, Bochum, für das Erstellen einer druckfähigen PDF-Datei und Klaus-Ulrich Boesner, München, als Sponsor.

Die Autorin W. Sophie Reich kennt sich aus in der Welt der Kunst, des Theaters, der Bücher, des Films, ein Wissen, das sie geschickt in ihre Erzählungen einzubauen versteht: So entsteht womöglich eine neue Literaturgattung, die man vielleicht mit dem Begriff "Dokumentarerzählung" umschreiben könnte - neben ihren ganz konventionell verfassten Erzählungen, die manchmal surreal, manchmal als starke Erinnerungen oder intensive Lebenserfahrung daherkommen.

Die Erzählungen, wie auch die ins Buch hineingestreuten Gedichte, haben ihren ganz eigenen Charme. Verfasst in klarer zugänglicher Sprache, lässt uns die Autorin sehr authentisch und unverfälscht an ihrem Leben, ihrem Denken und Handeln teilnehmen. Als *Schuhmachers Jüngste*, die mit 66 Jahren Geld als Geschirr- und Besteck-Reinigerin verdienen muss oder als Statistin als Wäscherin in einem Theaterstück von F. G. Lorca am Bochumer Schauspielhaus.

Die Autorin erzählt von ihren Erfahrungen, von Krieg, Kindheit und gescheiterter Liebe. Sie zeigt Herz für benachteiligte und stigmatisierte Menschen, beweist sich als Reisemuffel, dass auch Reisen gelernt sein will.

Manchmal ist ihr Blick ein wehmütiger, auch melancholischer, manchmal ein sehnsüchtiger und verträumter, immer aber ein suchender, sehr menschlich mitfühlend und loyal. Berührend reflektiert sie übers Alter, Träume und Wünsche und die alles verändernde Liebe.

W. Sophie Reichs Erzählungen und Gedichte ähneln einem Spiegel, in dem sich auch der

Leser unverhohlen wieder erkennt: Es macht Freude und es lohnt sich, sie zu lesen!

Michael Starcke, Bochum

September 2015

WENN...

wenn ich einen freund hätte
würde ich mir
die nägel blau lackieren
eine grüne jacke kaufen
und einen bunten schal
ich würde einen verwegenen hut tragen
würde nicht vergessen
mir nach dem spülen
die hände einzucremen
und die rauen stellen an arm und bein
nach flieder würde ich riechen
mir kleine zöpfe flechten
ein neues kochbuch kaufen
rezepte ausprobieren
am abend bliebe der fernseher aus
wir würden wein trinken
miteinander reden
uns alte fotos anschauen
wir würden ans meer fahren
die containerschiffe zählen
am abend auf die düne steigen
der sonne beim untergehen zugucken
vor dem schlafengehen zöge ich
mein schönstes nachthemd an

und wäre morgens nicht mehr traurig:

wenn...

Schuhmachers Jüngste

Gerade noch rechtzeitig hatte mein Vater im Sommer 1943 seine Familie mit neugeborenem Baby (ich) auf einen Bauernhof 50 km vor Hannover in Sicherheit gebracht. Entfernte Verwandte, denen der Hof gehörte, hatten uns nur widerwillig zwei winzige Kammern überlassen. Als Schuhmachermeister mit größerem Betrieb blieb mein Vater vom Wehrdienst verschont, die Versorgung der Bevölkerung musste erhalten bleiben, gutes Schuhwerk war nicht nur in Kriegszeiten unabdingbar. Nach dem schweren Bombenangriff auf Hannover im Oktober 1943 ging alles in Flammen auf: Unsere Wohnung im 3. Stock, Vaters Werkstatt mit Laden unten im Haus, alles total zerstört, die Eltern standen vor dem Nichts!

Trotz der großen Wohnungsnot kehrten wir 1945 in die zerbombte, überfüllte Stadt zurück. Es war gelungen, eine Zwei-Zimmerwohnung mit Küche ohne Bad (Plumps-Klo im Hof!) zu ergattern. Um dafür den Zuschlag zu erhalten, mussten alle Beteiligten, vom Vermieter bis zum Wohnungsbeamten, mit Geld, Lebensmitteln und Schuhwerk bestochen werden. Ein heiles Dach über dem Kopf war mehr, als viele Menschen in dieser Zeit hatten. Meine Großmutter aus Leipzig schickte Möbel: Einen ausziehbaren Esstisch aus Eiche, dazu passende, mit Schnitzwerk versehene Stühle, einen Schreibtisch, eine Liege. Das eindrucksvollste Möbelstück war ein hoher Bücherschrank mit vier Facettenschliff-Glastüren. Dazu viele Bücherkisten, bestückt mit Meyers 10-bändigem Konversations-Lexikon und jede Menge weiterer Literatur, die der Großvater – Buchhändler in Leipzig – wohl für entbehrlich gehalten hatte.

Die Lexika im roten Ledereinband mit eingeprägten, goldenen Buchstaben faszinierten mich. Von A bis B, der nächste Band von C bis D.....und allmählich drang in mein dreijähriges Bewusstsein, dass das Aneinanderreihen von Buchstaben einen Sinn haben musste, wie Worte entstehen und ich beneidete meine älteren Geschwister, die lesen konnten. Oft stand ich vor dem Bücherschrank, der Schlüssel steckte, aber noch reichte ich nicht heran. Viel zu selten ließ sich mein großer Bruder herab, einen von den schweren, reich bebilderten Bänden herauszurücken, stets mit der Ermahnung, ja vorsichtig damit umzugehen, ob meine Finger auch sauber seien? So blätterte ich sorgsam Seite um Seite, betrachtete streng aussehende, berühmte Männer und Frauen, sah Tier- und Pflanzenzeichnungen, meine Finger strichen über Abbildungen von fernen Ländern, Alpen, Savannen, Ozeanen. Staunen und Wundern ohne Ende! Der Vater las jeden Abend aus einem Andachtsbuch vor. Wenn ich allein war, die Eltern, Bruder und Schwester mit anderen Dingen beschäftigt, nahm ich dieses gewichtige Buch und las daraus laut vor imaginären Zuhörern. Meine Sprache war ein Kauderwelsch, ein kindliches Geplapper, dabei immer bemüht, den ernsten Tonfall des Vaters nachzuahmen. Manchmal drehte mein Bruder das Buch richtig herum, wenn er dazu kam. Später, Alphabet und Lesen nun beherrschend, versank ich in der Welt der Bücher, vergaß die beengte, häusliche Umgebung.

Die britische Besatzungsmacht hatte in bevorzugter Wohngegend, Villenstraße am Zoo, eine Bibliothek eingerichtet, die auch Deutschen zur Verfügung stand: Die „Brücke". Dorthin ging ich regelmäßig, um mir Bücher auszuleihen. Mein Weg führte durch die Eilenriede, den hannoverschen Stadtwald, am Milchhäuschen und an der Liegewiese vorbei. Schüchtern stand ich anfangs vor den Buchregalen, viele englische Titel, mit denen ich nichts anfangen konnte, der Englisch-Unterricht in der Schule begann erst in der 4. Klasse. Bald aber entdeckte ich Bücher, die ich nonstop verschlang: Enid Blyton, die Abenteuer der fünf Freunde, die sich jeden Sommer in einem englischen Dorf während der Schulferien trafen. Die Geschwister Philip und Dina, Jack mit seiner kleinen Schwester Lucy und Bill, der Polizist mit Hund... und ich, die immer hinterher lief, mitbangte und erst erleichtert einschlafen konnte, wenn alles zum guten Ende kam.

Aber außer der Möglichkeit, an Bücher zu kommen, zog mich etwas Anderes magnetisch an: Die Jugendstil-Villa, in der sich die Bibliothek befand, ein Haus mit herrschaftlicher, baumbestandener Auffahrt und parkähnlichem Garten. Weiße Treppenstufen, die ich zögernd hinaufging, den Blick auf die ornamental verglaste, in vielen Farben leuchtende Tür gerichtet. Die mir den Weg öffnete in eine märchenhafte Welt. Ich verwandelte mich mit dem ersten Schritt, den ich in das Gebäude tat: Nicht länger mehr das Kind, dass in Pfützen und auf Trümmergrundstücken spielte. Ich nahm innere und äußere Haltung an, sorgfältig die Schritte setzend. Die vom Waldweg staubigen Schuhe gründlich auf der Fußmatte abgeputzt, die Kniestrümpfe hochgezogen, ein tiefes Atemholen: Ab sofort fühlte ich mich wie eine Prinzessin....mindestens!

Mein erster Weg führte durch die Halle mit dem makellosen Spannteppich zu den Waschräumen, zur Toilette. Nie zuvor gesehener Luxus, der mir den Atem nahm, ich konnte mich nicht sattsehen! Die weißen Marmorwände, die großen, schön geformten Waschbecken auf kunstvoll geschmiedeten Beinen. Aus den verschnörkelten Wasserhähnen floss kaltes und warmes Wasser: Unfassbar! Die hohen Spiegel in vergoldeten Rahmen. Das seidenweiche Toiletten-Papier, fast zu kostbar, um sich den Po damit zu reinigen, zuhause kannte ich nur in Stücke geschnittenes, grobes Papier. Herrlich, immer wieder die Wasserspülung in Gang zu setzen, die Kette mit Porzellangriff baumelte zu verlockend, ein Spiel, das erst beendet wurde, wenn mich jemand dabei ertappte. Der Seifenspender, der nach unten bewegt werden musste, damit die duftende Flüssigkeit über meine Hände laufen konnte, der Handtuchhalter zum Abrollen, an den ich nur auf Zehenspitzen stehend heranreichte: Ein Stückchen weißes Leinentuch für mich allein! Schwer fiel es, mich von diesem Wunderraum zu trennen!

Es gab einen Lesesaal mit tiefen Clubsesseln; einmal lugte ich hinein - er war den Engländern reserviert, ein Kind hatte dort nichts zu suchen - und war erneut beeindruckt. Die Stille dort, ein Refugium... durch die hohen Fenster fiel der Blick in den Garten: An einem gewöhnlichen Wochentag dort lesend sitzen zu können, so stellte ich mir den Himmel vor! - Heute noch. –

LESEN UND LESEN LASSEN

Ich bin eine Leseratte und widerstehe nur schwer, wenn ein so genannter Bestseller in aller Munde ist, möchte teilhaben, mitreden können. Wenn der Börsenverein des deutschen Buchhandels jährlich im Herbst den „Besten Roman in deutscher Sprache" kürt, hat ihn die Buchhandlung meines Vertrauens bereits reserviert für mich.

In der Süddeutschen Zeitung stoße ich auf einen Artikel von Martin Hielscher, - er ist Professor für Literaturwissenschaft an der Universität Bamberg – der mich in meinem Unvermögen, alles zu lesen was gerade IN ist, tröstet:

„Es ist die aberwitzige Geschwindigkeit und Dichte, mit der Bücher ausgewählt, lanciert, behandelt, in einer Art medialem Dauerfeuer befaselt und anschließend um so nachhaltiger wieder vergessen werden, die einen, je länger dieser Prozess kultureller Kollektiv-Verdauung andauert, umso irritierter stimmt. Es ist eben die Universalität einer Kultur der Erregung, der mythischen Teilhabe, eines kollektiven, halb bewussten, halb berauschten Rituals der Anbetung, das sich immer neue Fetische sucht und sie findet, sie aber auch in immer größerer Eile austauschen muss, weil sie so schnell verzehrt sind.

Denn zur Kultur der Erregung gehört auch die ungeheure Vergesslichkeit. Autoren, die noch vor ein paar Jahren gefeiert wurden, sind heute unbekannt. Das hängt natürlich auch damit zusammen, dass die Werke eben gar nicht gelesen werden müssen und sowieso oft nicht gelesen werden können, weil allein das Bloggen, Mailen, Twittern, Moderieren, das Meinen und Meinungen absondern so viel Zeit kosten. Weil aber eine wirkliche Beziehung zu diesen Büchern nicht entstehen kann, weil man wirkliche Bekanntschaft mit ihnen und einem dazu gehörigen Kontext nicht gemacht hat - das kostet zu viel Zeit, ist zu langsam, bedeutet Absonderung, Einsamkeit, Stille!"

In unserem regionalen Umfeld ist Literatur überschaubarer. Autoren zum Anfassen, die an Orten lesen, die so ungewöhnlich sind wie ihre spannenden, komischen, merkwürdigen Texte: In Bier-Cafés, in alten Drogerien, in Bestattungs-Instituten, in Kinosälen, in ehemaligen Bahnhofshallen und vorzugsweise in kleineren Buchhandlungen, die nur Dank größten persönlichen Engagements der Betreiber neben Giganten wie der „Meyerschen" bestehen können. Wie schön, dass Sie uns an diese Orte folgen. Bitte hören Sie nicht auf damit!

Spätsommer

Sie hatten den ganzen Tag am Strand verbracht. Glück mit dem Wetter, ein stabiles Hoch, zehn Tage lang schon. Ungewöhnlich mildes Spätsommerwetter, jetzt, wo sich der September zum Ende neigte. Die Reihe der Strandhäuser, die in der Hauptsaison dicht an dicht standen und auf deren Holzveranden das nachbarschaftliche Badeleben stattfand, wies jetzt Lücken auf. Täglich wurden einige Häuser mit einem Tieflader abtransportiert, wo sie in einer Halle im Hinterland überwinterten. Nach und nach kam der Dünenrand wieder zum Vorschein. Hier hatten sie sich eine Mulde gesucht, um vor dem stetig wehenden Wind geschützt zu sein.

Magda legte ihr Buch beiseite. Lesend auf dem Bauch liegend, fühlte sie einen unangenehmen Schmerz, der von der Halswirbelsäule ausging. Langsam drehte sie sich auf den Rücken, entspannte sich, schaute nach oben: Eine Möwe wiegte sich im Wind, der um die hohe Düne strich, himmelhohes, weiß bewölktes Blau, die Stille, nur das entfernte, sanfte Rauschen des Meeres: Glück pur! Es war warm, schläfrig nickte sie etwas ein. Der Rauch des Zigarillo von Hans kroch unangenehm in ihre Nase. Sie setzte sich auf, legte die Armbanduhr ab. „Ich geh ins Wasser", sagte sie in seine Richtung. Jetzt, wo nur noch wenige Menschen am Strand waren, machte es ihr nicht mehr soviel aus, schwimmen zu gehen. Sie scheute die Blicke der Urlauber, die immer guckten, wenn jemand aufstand, sich bewegte. Niemand badete, alle lagen faul in der Sonne. Sie wusste um die Unförmigkeit ihres Körpers, besonders sichtbar, wenn die schützende, kaschierende Kleidung fehlte. Ihr dicker Bauch ragte mehr hervor als der kleine Busen, der die Körbchen im Badeanzug nicht ausfüllte. Von Cellulitis entstellte Oberschenkel, Krampfadern und Besenreiser an den Waden. Die Dornwarze unter ihrem Fuß, die trotz Operation hartnäckig zurückgekommen war, schmerzte, wenn sie mit dem Fuß an eine Muschel stieß. Unbeirrt ging sie weiter, einige Schritte noch, das Meer ganz nah, und mit einem Seufzer, einmal kurz eintauchen, um den sonnendurchwärmten Körper an den Schock des kalten Wassers zu gewöhnen, begann sie zu schwimmen. In den Wellen waren ihre Bewegungen ohne Hast, gelassen. Seelöwen kamen ihr in den Sinn, die, auf Felsen liegend, sich ebenso schwerfällig auf die Seite drehten wie sie, im Wasser so elegant und mühelos tauchten: Oh, auch sie ist jetzt eine Seelöwin, eine Löwin, voller Kraft!

In den Wellen schien ihr jetzt alles möglich, alles, wozu sie sonst nicht in der Lage war: Nicht mehr unkontrolliert am Abend zu essen, weniger, oder besser überhaupt nicht mehr zu rauchen, häufiger das Fahrrad zu nehmen, statt in das Auto zu steigen. Wie war es gekommen, dass sie sich so herunter gewirtschaftet hatte? Ihren Körper missachtete, ihre Gesundheit zerstörte? Die besten Gene doch mitbekommen dank der bäuerlichen Vorfahren, die alle ein hohes Alter erreicht hatten. Den eigenen Körper aber lieblos behandelte und Liebe, oder das, was sie dafür hielt, nur anderen bereithielt? Jeden Tag dachte sie darüber nach, wollte handeln, ihr Leben verändern, sie musste es schaffen, irgendwie... irgendwie!

In diesem Moment der Unachtsamkeit wurde sie von einer großen Welle überrollt, tauchte unter, schluckte salziges Wasser, kam mühsam, hustend wieder hoch und rang nach Luft. Hatte das jemand bemerkt? Ein Blick zum Strand: Hans lag unverändert lesend da. Ein Hund jagte ins Wasser um den Stock zu holen, den sein Herrchen in weitem Bogen geworfen hatte, - niemand beachtete sie. Sie legte sich auf den Rücken, ließ sich von den Wellen wiegen, das Heranrollen nun im Auge behaltend. An Wellenhunde, die Wellenhunde des Dollart-König dachte sie, ein altes, friesisches Märchen, das ihr Bruder ihr einst vorgelesen hatte. Ganz leicht war es, auf dem Wasser zu liegen, das Gesicht der Sonne entgegen haltend.

Der Strand leerte sich jetzt zusehends, nur einige Unentwegte blieben noch. Nun, da die

Sonne fast verschwunden war, kühlte es merklich ab. Eben noch in sanftem Rot wurde sie, noch über dem Horizont stehend, von einer grauen Dunstschicht verhüllt. Beide packten ihre Badesachen und gingen etwas mühsam durch den unregelmäßigen Sand barfuß auf die Treppe zu. Die Treppe war steil und hoch, achtundfünfzig Stufen zählte Magda, ihr Herz klopfte stark. Hans saß oben schon auf der Bank, säuberte seine Füße und grinste, weil sie so lange gebraucht hatte, um herauf zu kommen. „Scheiß-Zigaretten" murmelte sie, schwor, wie jedes Mal nach einer körperlichen Anstrengung, bei der ihr die Atemluft knapp wurde, mit dem Rauchen aufzuhören. Ein Blick zurück auf Strand und Meer. Das restliche Licht zeigte die Menschen wie Scherenschnitte, einzelne, fast schwarze Silhouetten, die sich lautlos vorwärts bewegten. Stark jetzt in ihr der Wunsch, nicht fort zugehen, für immer zu bleiben, an dieser Stelle Wurzeln schlagen, Baum zu werden: Tränen stiegen in ihr hoch! Sich der Sinnlosigkeit des menschlichen Daseins, der Vergeblichkeit allen Tuns bewusst, sah sie traurig zu Boden.

Hans schaute sich ungeduldig nach ihr um. „Wo steckst du denn, so komm doch!" Er wollte jetzt eilig zurück, duschen, ein Bier trinken, etwas essen. Eine Melodie summte in ihr: „In der Zeitung stand, der Hunger ist gebannt, die Konjunktur ist unserem Land geblieben. Dennoch hat am Strand, eine fremde Hand das Wort *Verlassen* in den Sand geschrieben"...ein Lied von Georg Kreisler, erinnerte sie sich und sah gedankenverloren Hans nach, der auf sein Fahrrad stieg. Sie wollte nicht mitkommen, jetzt nicht dabei sein, wenn Hans es sich im Haus, das sie gemietet hatten, im Jogginganzug bequem machte, und, auf das Abendessen wartend, die *Bild-Zeitung* las. Zu spät Ihre Einsicht, dass es die falsche Entscheidung war, mit Hans zusammen diese Reise ans Meer zu machen.

SPÜLKÜCHE

Sophie reibt sich das schmerzende Kreuz, legt ein Kissen auf den Balkontisch und ihre Beine hoch, die Fesseln geschwollen vom langen Stehen vor dem Geschirrspüler. Tief zieht sie den Rauch ihrer Zigarette ein.....Feierabend endlich, das war geschafft! Ein sanfter Himmel, wolkenlos, die Sonne bereits untergegangen, apricofarbenes Nachglühen, darüber sanfter, blaugrauer Friede. Das Brummen der Flugzeuge, ihre in kurzen Abständen blinkenden Positionslampen, bereits im Landeanflug auf Düsseldorf. Dunkle Baummuster, der Kirchturm von St. Johannis mit dem vergoldeten Wetterhahn, vertrauter Anblick. Sie bleibt, bis das letzte Tageslicht verschwindet, ohne Gedanken, Stille in ihr. Im Internet, bei der Job-Börse, hatte sie gelesen, dass eine „Geschirr- und Besteck-Reinigerin" gesucht wird. Vorkenntnisse: Keine. Arbeitsbeginn: Sofort. Vergütung - Sophie stutzte: War das nicht Mindest-Lohn-Niveau? Keine Lobby hatte sich bisher eingesetzt für Lohnempfänger im Gastronomie-Bereich. Dennoch vereinbart sie einen Vorstellungstermin, bekommt den Job, freut sich. Alle anderen Bewerbungen um Arbeit waren erfolglos geblieben, obwohl sie ihre Ansprüche tiefer und tiefer geschraubt hatte: Wer schon stellt eine 66-jährige ein, wenn sich jüngere Frauen oder Studenten bewerben? Sie beginnt am nächsten Tag.

Das Restaurant am See kennt sie von ihren Radausflügen, ein altes Fachwerkhaus mit von Hecken umsäumtem Biergarten, das ihr gefällt. Auch der Weg dorthin vertraut, die mit Birken gesäumte Straße steil bergan, rechts die Pferdekoppel, gegenüber geht der Blick weit ins Land, Baumwipfel, überragt von den Universitätsgebäuden, die Fahrt durch den südlichen Vorort - „Königreich Stiepel"- liest sie auf Autoaufklebern. Bergab die kurvenreiche Ortsdurchfahrt, nicht mehr weit bis zum Parkplatz, der erst am Nachmittag überfüllt sein würde. Jetzt im Hochsommer herrscht Hochbetrieb. Obwohl sie nur wenige Gäste unter den großen, grünen Sonnenschirmen sitzen sieht, türmen sich in der Durchreiche zur Spülküche bereits Stapel von Cappuccino-Tassen, Kuchentellern, Eisbechern. Später kommen größere Teller mit Essensresten dazu, die von den Kellnern eilig abgestellt, fast geworfen werden. Schnell muss sie sein, ihre Hände fliegen. Doch so flink sie auch ist, das Gefühl, David gegen Goliath, ist stets gegenwärtig. Im Spülbecken gegenüber stellen die Köche ihre Bratpfannen, Rührschüsseln, Plastikeimer und Schalen, sämtliches Küchengerät, Schneebesen, Schaumlöffel, Siebe, Suppenkellen ab. Fettverkrustete Riesentöpfe signalisieren ihr: Reinige mich jetzt, später, mit bereits eingetrocknetem Schmutz, hast du noch mehr Arbeit! Die Durchreiche zur

Küche ist schmal, das Geschirr wichtiger, die Ober brauchen den Platz zum Abstellen. Eigentlich eine Arbeit für zwei Spülhilfen, denkt sie, ordnet das Chaos, „i do my best", lässt die Hektik der Köche nicht an sich heran. Das Restaurant ist bekannt für die hausgemachten Käse- und Pflaumenkuchen, den „Frankfurter Kranz". Beliebt bei dort Pause machenden Wandergruppen, Senioren oft, die den 8 km-langen Rundweg um den See noch meistern. Sophie seufzt, wenn ihr Blick auf Kuchenbleche fällt, angebackener Pflaumensaft, festgebrannte Teigreste, die sich nur mit Kraft und Geduld – die metallenen Topfkratzer sind am Abend zerschlissen - entfernen lassen. Später am Nachmittag wieder Reihen von Eisbechern, Kaffee-Latte-Gläsern mit langen Löffeln, winzige Espresso-Tassen mit Puppentellerchen darunter, das sind ihre Freunde, die liebt sie. Gegen Abend verändert sich das Publikum. Nun kommen jüngere Leute, die auf Inlinern den See umrunden, und, ohne sie abzuschnallen, direkt zu den Tischen rollen. Im Fahrradständer vor dem Restaurant stehen die Räder dicht an dicht, alle Tische besetzt im Biergarten. Einige löschen nur ihren Durst, bestellen Mineral- oder Alsterwasser, brechen bald wieder auf; andere bleiben lange, bestellen das Tages-Menu. Im November verebbt der Gästestrom. Sophies Arbeitszeit, sonst fünf Stunden, verlängert sich dennoch auf sieben bis acht, weil zwei der sie sonst ablösenden Spülhilfen sich krank gemeldet haben: Grippe, Schweinegrippe, wer weiß das schon? Sie spürt ihre Knochen, Schmerz zieht durchs Kreuz, der Nacken verspannt, die Arme bleischwer. Um die harte Arbeit zu vergessen, legt sie die Händel - CD mit dem Largo aus „Xerses", Cecelia Bartoli singt. Im Film des belgischen Regisseurs G. Corbiau „Farinelli - der Kastrat", hatte sie diese Musik gehört. Ohne sich eng an die biografischen Daten zu halten, erzählt der Film das Leben des Countertenors Carlo Broschi im 18. Jahrhundert, dessen Singstimme drei Oktaven umfasste. Sie sieht wieder diesen schönen jungen Sänger vor sich, der selbstbewusst, siegessicher in die eigene Stimme verliebt scheint und die Wirkung seines Gesanges genießt, der die in der Oper anwesenden Damen reihenweise in Ohnmacht fallen lässt. Seine schöne, reich kostümierte Gestalt, der mit langen Straußenfedern geschmückte Helm, eindrucksvoller, barocker Kopfputz. Die Filmszene, wo der Knabe in einem mit Wasser gefüllten Holzzuber sitzt, das sich von der Kastration langsam blutrot färbt. Sein trauriges, schmerzverzogenes Gesicht, die Barbarei dieser Misshandlung, die gestattet wurde von der katholischen Kirche, vom Papst, der keine Frauenstimmen als Solisten duldete.

Das singende Kino

Sie gehen Arm in Arm unter dem Schirm, ein warmer Sommerabend, aber der Regen will nicht aufhören. Die Idee, jetzt ins Kino zu gehen, entsteht bei Frauke und Stefan fast gleichzeitig. Sie wissen nicht, welcher Film gerade gespielt wird, vertrauen aber dem Angebot ihres Programm-Kinos, dem „Cinema", ganz in der Nähe des Studentenheims, in dem sie wohnen. Beide rennen los, 20 Uhr, gerade noch rechtzeitig vor Beginn der Abendvorstellung stehen sie an der Kinokasse. Eine Tüte Popcorn ist Usus und erwartungsvoll machen sie es sich auf ihren Plätzen bequem. Der Vorfilm beginnt. Ein Vorhang öffnet sich und ein sympathischer Mann wendet sich, direkt aus dem Film heraus, an die Besucher. Er begrüßt sie freundlich und erklärt seinen Plan. Dabei schaut er nach allen Seiten und es scheint, als verweile sein Blick länger auf dem einen oder anderen Gesicht. Er möchte einen Kanon mit dem Kinopublikum singen, ein Volkslied aus Frankreich „Der Hahn ist tot". Er fragt, ob das Lied bekannt sei und alle bereit seien, gemeinsam mit ihm zu singen? Und macht eine genau bemessene Pause, um auf Antworten zu warten, die er jedoch, da sind alle sicher, nicht wirklich hören kann. Nicht nur Frauke und Stefan sind irritiert, eine zeitlang herrscht völlige Stille. Der

Herr auf der Kinoleinwand schaut geduldig, wartet, lächelt ermutigend. Jetzt kichern einige unsicher und Frauke, die das Schweigen nicht länger aushält, stupst ihren Freund an, der sofort begreift, aufsteht und laut sagt, so, als spräche er für Alle „Ja, das kennen wir".

Der Mann zeigt sich erfreut und macht jetzt den Vorschlag, den Kanon erst einmal allein vorzusingen „Für die, denen er unbekannt", erhebt seine Stimme - ein schöner Bariton - endet, lächelt erneut aufmunternd und bittet, das Lied gemeinsam zu wiederholen. Er hebt die Hand, gibt den Einsatz und beginnt wieder mit "Der Hahn ist tot, der Hahn ist tot"...und nach und nach, schüchtern anfangs und leise, fallen immer mehr Stimmen in den Gesang ein und je mehr sich dazu gesellen, desto sicherer, fröhlicher klingt es und bei „Er kann nicht mehr krähen, kokodi, kokoda", singen die meisten mit. „Wunderbar", sagt der Animateur, „Das klappt ja vorzüglich" und bittet nun alle, den Kanon zu singen. Mit ausladenden, richtungweisenden Handbewegungen teilt er die Menschen im Kinosaal in drei Gruppen ein: „Hier die linke Seite, die Mitte da" und, er schaut genau in die Richtung, „die rechte Seite dann hier". Erklärt nun, wann die zweite Gruppe beginnen muss, „keine Angst, ich gebe den Einsatz, schauen sie nur zu mir", hebt beide Hände, eine erwartungsvolle Pause, in der er zuversichtlich einen Blick über die für ihn imaginären Zuschauer wirft, und auf sein Zeichen beginnt die erste Gruppe. Der Anfang klingt wieder zaghaft, doch einige sichere Sänger reißen die anderen mit, und als der Einsatz für die zweite Gruppe beginnt, tönt bereits kräftiger Gesang und die dritte Gruppe muss sich anstrengen, um gehört zu werden. Alle singen jetzt, es ist toll, Begeisterung macht sich breit. Manche singen auf englisch „The cock is dead, he will never crey, cocodi, cocoda...", dann hört man französisch „Le coq est mort, il ne dira plus"... und selbst der lateinische Text ist präsent „ Noster Gallus est mortuus, ille non cantare..."

Ausgelassen ist jetzt die Stimmung im Kino, der Rundgesang will nicht enden, der Dirigent auf der Bühne ist vergessen, man singt! Da wird das Licht auf der Bühne dunkler, der Leinwand-Dirigent verbeugt sich, sagt „Sie waren ein wunderbares Publikum", der Vorhang schließt sich. Es wird heftig geklatscht, langer Beifall, der dann rhythmisch wird, als fordere man eine Zugabe und der erst verstummt, als das Licht im Saal wieder angeht. Man schaut sich um, der Nachbar im Kinosessel plötzlich vertraut, kein Fremder mehr, alle reden lebhaft durcheinander und diskutieren über das Erlebte, das so wunderbar vereint hatte.

„Da haben wir uns doch tatsächlich von einer Zelluloidfigur manipulieren lassen" sagt Stefan später zu Frauke. Sie lacht, „Mann, das war total Klasse" und summt wieder die Melodie.

„Der Hahn ist tot" ist ein interaktiver Kurzfilm, 1988 von Regisseur und Schauspieler Zoltan Spirandelli gedreht. Er wurde mehrfach ausgezeichnet - Preis der deutschen Filmkritik - und gilt unter Filmfreunden als Klassiker.

37

Zeichnung Franz Marc, Elefant

DICKHÄUTER

Jeden Dienstagabend ging er ins Freizeitbad. „Schwimm nicht so weit raus..." sagte seine Mutter jedes Mal zu ihm bevor sie, mit besorgtem Lächeln, die Tür hinter ihm schloss. Klaus hatte alle möglichen Bäder im Umkreis von 50 km getestet, doch nur das Schwimmbad am Kemnader Stausee entsprach seinen Bedürfnissen: Gut temperiertes Wasser, nicht tiefer als 1,35m, gedämpfte Unter- wasserbeleuchtung, Massagedüsen, Whirlpool und eine Gegenstromanlage.

Das Beste war die lange Öffnungszeit am Abend: Bis 23 Uhr, letzter Einlass 21 Uhr, da konnte er sicher sein, dass ihn keine Kinder mehr nervten. Ballspielen und Springen vom Beckenrand war offiziell verboten, aber niemand von der Badeaufsicht kümmerte sich darum – sie machten ohnehin einen gelangweilten Eindruck. Nach 22 Uhr waren nur wenige Menschen im Schwimmbecken, obwohl die Saunen und die Solarien voll sein mussten, denn auf dem Parkplatz hatte er nur mit etwas Glück eine Lücke gefunden.

Klaus hat Mühe, sich in der engen Umkleidekabine auszuziehen: 125 Kilo, das Bücken fällt ihm schwer. Die Hose lässt er heruntergleiten, strampelt mit den Beinen, bis das Hosenknäuel zu seinen Füßen liegt und sich mit einer Hand hochnehmen lässt. Sorgfältig, Falte auf Falte, hängt er sie über den Kleiderbügel, ebenso Pullover und Mantel, die Unterwäsche samt T-Shirt stopft er in die Badetasche. Oh, diese Wärme hier, voll bepackt gerät er ins Schwitzen, während er nach einem freien Garderobenschrank Ausschau hält. Langsam steigt Klaus in Gummischlappen, in denen er keinen richtigen Halt hat, die Treppe zur Badehalle hinunter. Kurzsichtig, sieht er ohne Brille nur undeutlich, auch sein Bauch ist im Weg. Die Hand fest auf dem Geländer, tastet er sich vorsichtig Stufe für Stufe hinab. Einmal ist er auf den feuchten Fliesen ausgerutscht, hatte sich böse ein Knie aufgeschlagen und war nur mit fremder Hilfe wieder hochgekommen.

Ein paar Schritte noch und mit einem Seufzer der Erleichterung gleitet er ins Wasser: Gerettet! Er schwimmt viele Bahnen, glücklich, die Last seines Körpers nicht mehr zu spüren. An Seerobben muss er denken, die sich an Land so schwerfällig bewegen, im Wasser aber schnelle, elegante Schwimmer sind! Ja, er ist eine Robbe, ein Seeelefant... übermütig taucht er und prustet im Hochkommen eine Wasserfontaine aus. Er dreht sich auf den Rücken, Toter Mann, das Wasser trägt ihn wunderbar. „Fett schwimmt oben" hatten ihn früher die Mitschüler gehänselt und „Du hast deinen BH vergessen" - was wussten die schon! Eine Elefantenhaut war ihm gewachsen, Spott glitt daran ab und die schiefen Blicke anderer Menschen – Hungerhaken, dachte er verächtlich - ignorierte er. „Sie müssen Sport treiben, ich rate dringend zu einer Diät!" hatte der Hausarzt nach dem letzten Gesundheits-Check gesagt und dabei besorgt auf seine Cholesterin-Werte geblickt. Diese Tabletten nahm er schon lange nicht mehr, alles nur eine Erfindung der Pharmaindustrie. Es ging ihm doch gut!

Sein Blick fällt jetzt auf den separaten Eingang, der zur großen Wasserrutsche führt. Im Prospekt hatte er gelesen, dass sie 96 Meter lang ist und „Kemnader Blitz" genannt wird. Immer schon wollte er sie ausprobieren, aber da er nicht wusste, was ihn erwartet, war er bisher zurückgeschreckt: Blamieren will er sich nicht. Jetzt, inzwischen einziger Badegast, fasst er Mut und macht sich auf den Weg nach oben. Viele Treppenstufen, auf jedem Absatz legt er eine kurze Pause ein, sein Herz klopft heftig vor Anstrengung und Aufregung. Oben angekommen, späht er in die blaue Kunststoffröhre, die kurvenreich nach unten führt. Das Wasser plätschert einladend. Seitlich ein Stapel mit dicken roten Plastik-Reifen, auf die man sich setzen kann. Er ist allein hier oben, niemand sieht zu: Er wagt es! Abwärts geht es, schnell, so schnell, Angst und Freude im Wechsel, kaum registriert er, was geschieht und schon landet er mit einem großen Platsch im Auffangbecken, kippt vom Reifen, taucht kurz unter, schluckt Wasser und krabbelt – noch etwas benommen – auf allen Vieren heraus. Toll war das, er macht sich erneut auf den Weg nach oben. Wieder setzt er sich, am seitlichen Geländer Halt suchend, stößt sich mit Schwung ab und rutscht ins dämmerige Blau hinein. Er fliegt, genießt die Geschwindigkeit, ist wie im Rausch. Immer wieder steigt er die Treppen hoch, kann nicht genug kriegen. Da geht plötzlich das Licht aus, der Wasserzufluss endet: Es geht nicht mehr weiter! Wie, hat man ihn vergessen? Merkt niemand, dass er noch hier ist? Die Lautsprecherdurchsage mit der Aufforderung an alle Gäste, das Drehkreuz am Ausgang bis spätestens 23 Uhr passiert zu haben, hatte er wie immer gehört, wusste, dass sie regelmäßig 30 Minuten vor Schluss kommt. An die Zeit hatte er überhaupt nicht mehr gedacht!

Er ruft um Hilfe, trommelt mit aller Kraft gegen die Röhrenwand. Bei lauter Musik geht jetzt in der Schwimmhalle die Putzkolonne ihrer nächtlichen Arbeit nach. Seine Schreie verhallen ungehört! Was soll er tun? Er friert, sein Kopf dröhnt, es ist, als zerreiße es ihm die Lungen, als ginge sein Herz mit ihm durch! Die finstere Röhre ängstigt ihn, er verliert das Gleichgewicht, kippt vornüber und kann sich gerade noch auf den Bauch drehen. In Panik versucht er verzweifelt weiter zu kommen, aber vor der letzten Kurve verlässt ihn die Kraft. Er ringt nach Luft, ein Eisenring umklammert seine Brust, der Schmerz raubt ihm das Bewusstsein. Ein Gedanke blitzt auf, er will seiner Mutter sagen, dass...

Am nächsten Morgen sieht der Bademeister im Becken am Ende der Rutsche etwas, was da nicht hingehört „ Sieh mal", ruft er einer Kollegin zu, „Hier hat ein Kind wohl sein Schwimmtier vergessen" und an seinem Arm hängt eine graue, leere Plastikhülle. „Es ist ein Elefant", sagt er lächelnd. Aus dem Rüssel tropft noch etwas Wasser, und er glaubt, einen langen, unendlich traurigen Seufzer zu hören – aber sicher war das nur Einbildung.

44

Im Grün

Mein Fahrrad schiebe ich den Berg hoch. Der steile Anstieg macht mir zu schaffen. Still ist es im Wald, ein außergewöhnlich warmer, fast sommerlicher Tag im April. Pralle Knospen an den hohen Bäumen über mir, noch verschattet kein Blattwerk den Weg. Ungehinderte scheint die Sonne auf meinen Kopf, der schützende Hut fehlt. Winzige Schweißperlen bilden sich an meinen Schläfen.

Als Kind wartete ich mit Sehnsucht jedes Jahr erneut auf den 1.Mai, weil ich glaubte, dass just an diesem Tag auch die Maikäfer wieder fliegen würden. Mein besorgter Blick auf Buchen und Eichen, wenn das Frühjahr besonders kalt war: Was nur sollten die Käfer fressen, wovon sich ernähren, wenn noch kein einziges Blatt zu sehen war? Ich beschwor die Bäume mit Singen: *Komm lieber Mai und mache, die Bäume wieder* grün...das alte, von Mozart vertonte Volkslied. Sang es unermüdlich, und tatsächlich, es half!

„Es wird grün" sagen wir im Frühling. Drei kurze Worte für diesen unerschöpflich farbreichen Vorgang! Es gibt unendlich viele Grüns. Jeder Obst-Baum, jede Birke, Buche, Eiche, Erle, Pappel, jeder Strauch, jeder Grashalm zeigt ein anderes Grün, so, als wolle er sich besonders hervorheben. Zu allen Zeiten besangen Dichter den Frühling. Eduard Mörikes blaues Band flattert durch die Luft, *Veilchen träumen schon, wollen balde kommen.* Kurt Tucholsky drückt sich handfester aus: *Der Mai ist da. Der Vogel Pirol pfeift. Es geht was um. Und wer sich dies und wer sich das verkneift, der ist schön dumm.* Grün als Farbe des Lebens, der Pflanzen und des Frühlings, jährlicher Triumph über den Winter, Symbol der Hoffnung. *„Auf Grund ihrer Naturnähe wirkt die Farbe Grün beruhigend und harmonisierend und war früher die beliebteste Farbe für Wohnzimmer und Salons,* lese ich bei Wikipedia. Der expressionistische Maler Wassily Kandinsky missachtete das Grün: Es sei *wie eine dicke, sehr gesunde Kuh, die nur zum Wiederkäuen fähig mit* blöden, *stumpfen Augen die Welt betrachtet!* Die positive Heilwirkung dieser Farbe für Körper und Seele erkannte bereits Hildegard von Bingen. Nicht ohne Grund sind Schultafeln und Spielfelder auf Billardtischen grün: Nicht nur angenehm für das Auge, sondern Beitrag zur Konzentration auf das Wesentliche.

Schaue ich in meinen Malkasten und sehe die Ölfarbtuben mit vielerlei Grün, packt mich die Mal-Lust: Für die Schilfhalme und zarten Gräser wähle ich Zitronengrün. Zeder oder Lärche male ich mit Tannengrün, die Blätter des Fliederbaums erhalten ein Smaragdgrün, den Rosenblättern gönne ich feuriges Chromoxydgrün, Saftgrün für die Hortensien und Olivgrün für die Kapuzinerkresse und das helle Zinnobergrün gehört den Pfingstrosen. Aber ich muss mich beeilen: Ist der Sommer da, vergeht diese Vielfalt. Fällt dann der Blick über den Waldhang, sind alle Wipfel monochrom in Permanent-Grün angestrichen. Vorübergehend herrscht Ruhe. Im September lernen grüne Blätter, rot zu werden, im Oktober wechseln sie ihr Kleid erneut, Lichterocker und Vandyckbraun... aber das ist eine andere Geschichte.

BAUMELN

Ein kalter, sonniger Winternachmittag. Thomas Ziel ist die Anhöhe über der Stadt, die schöne Aussicht. Das unter ihm liegende Tal, geteilt durch einen Fluss, Häuser am Hang gegenüber, Fensterscheiben, in denen sich die Sonne spiegelt. Am wolkenlosen Himmel zieht ein Flugzeug Kondensstreifen.

Neben ihm, fast in Augenhöhe, irritiert ihn ein roter Streifen, er sieht genauer hin: Eine mehrfach geschlungene, rubinrote Kordel mit einer ausgefransten Quaste am Ende, die sanft hin und her schwingt. Sein Blick wandert nach oben, am roten Seil entlang, das sich weiter und weiter, immer höher in den Himmel schraubt. Wieso baumelt da ein Seil aus dem Himmel? Er guckt und guckt, bald tut ihm der Nacken weh, und, von leichtem Schwindel erfasst, senkt er den Blick. Woher kommt diese Kordel, wer hat sie heruntergelassen? Immer wieder sucht sein Blick nach einem möglichen Ende, einem Haken vielleicht, einer Aufhängevorrichtung. Aber da ist nichts zu sehen, pure Endlosigkeit! Wie ein Elefantenrüssel, denkt er, als sein Blick sich wieder der Quaste zuwendet. An dieses ulkige Greifen, wenn das Tier um Futter bettelt, und eine innere Stimme drängt ihn: Komm, fass es an. Unheimlich ist das, er zögert, schaut sich um, ob jemand in der Nähe ist, peinlich, wenn man ihn da herumfuchteln sähe, ins Nichts greifen. Nein, er ist allein, keine Seele weit und breit. Wieder bewegt sich das Kordelende, lockend, auffordernd. Er gibt sich einen Ruck und fasst zu: Verblüfft fühlt er samtig festes Material, eine reale Kordel, kein Trugbild.

Thomas greift erneut zu, zieht fester: Plötzlich Dunkelheit, es ist Nacht, überall! Eben noch Sonnenschein, blauer Himmel, jetzt Finsternis. In den Häusern auf der anderen Talseite brennt Licht, Straßenlaternen leuchten. Erschrocken lässt er das Seil los. Was hat er getan? Greift erneut zu, zieht und der Tag kehrt zurück. Er probiert es wieder und wieder, die Sache beginnt ihm Spaß zu machen. Beruhigt durch die Regelmäßigkeit des An und Aus zieht er schneller, holt die Nacht herbei, ein Ruck, und wieder ist es Tag. Funktioniert reibungslos, jedes Mal verdunkelt sich der Himmel, nächtliche Lichter blinken, jedes Mal kehrt der sonnige Wintertag zurück. Wahnsinn! Ein überdimensionaler Lichtschalter? Über dem mächtigen Ehebett seiner Großmutter hing eine ähnliche Kordel, mit der sich bequem die Deckenlampe einschalten ließ. Als Kind hatte er damit gespielt, bis es ihm verboten wurde. Jetzt ist er Herr über Tag und Nacht, eine Macht, die er genießt. Immer schneller holt er Tageslicht oder Dunkelheit, hängt sich übermütig an das rote Tau, schwingt auf und ab, herrlich dieses

Spiel! Plötzlich ist etwas anders: Er spürt keinen Widerstand, keinen Halt mehr am Seil, es gibt nach und Thomas springt schnell zurück auf den Boden. Trotz der Dunkelheit – gerade hatte er Nacht – sieht er, wie das Seil herab fällt, sich zu seinen Füßen zu einem roten Turm aufringelt. Wie jetzt? Was nun? Kaputt gespielt? Ein scharfer Wind zerrt an seinen Kleidern, rings um ihn Dunkel ohne das vertraute Leuchten der Lampen, nur totale, trostlose Finsternis! Seine Knie geben nach, er setzt sich in den Schnee: Was hat er getan? Wird nie wieder Tag sein? Hätte er, statt damit zu spielen, besser versuchen sollen sich an dem Seil hoch zuhangeln? Ein Wink des Schicksals, vielleicht ein direkter Weg zu Gott, den er nicht zu nutzen wusste? Ein grauenhafter Gedanke: Ist er der einzig noch lebende Mensch in einer sonnenlosen, zum Untergang verdammten Welt? Thomas weint, friert, ruft laut nach irgendeinem menschlichen Wesen! Niemand antwortet, ohne Echo verhallt seine Stimme: Er ist allein! - Und wacht auf.

(Nach dem Kurzfilm „Dangle", von Phil Trail, England)

SOMMERABEND

Stiller Fluss
Schwanensingles
die nach Brotkrumen schnäbeln
zu unseren Füßen
die vom Wasser gekühlten
Bierflaschen
geengt von Steinen
damit sie nicht
fortschwimmen
wie die Gedanken
und das Leben
Geländer der stillgelegten
Eisenbahnbrücke
im Abendlicht
rotgelbverspiegelter Schein
in den Fenstern der
hügelhochstehenden Häuser
zittert nach auf leisen Wellen
Gänsegeschrei zieht
unseren Blick nach oben
Graugans-V-Formation

wenn Abendflugzeuge
den Fensterausblick kreuzen
unser Liebes-Hochbett
Dämmrungsgeflüster

THEATER VON INNEN

Frauen ab 70 gesucht, die chorisch sprechen können, hatte in der Zeitung gestanden: Das Schauspielhaus sucht Statisten! Klar, dass ich mich bewerbe, meine Liebe zum Theater ist ungebrochen! Zehn Frauen erscheinen zum Casting, fünf werden gebraucht. Die finnische Regisseurin erklärt, worum es geht. Wäscherinnen sollen wir spielen, Schauplatz ist ein spanisches Dorf, Geschehnisse um „Yerma", tragisches Gedicht in drei Akten von F.G. Lorca. Zwei Stunden würden wir auf der Bühne, in wechselnden Kostümen, präsent sein. Der Bühnenboden sei stark abgeschrägt, nicht leicht, darauf barfuss längere Zeit stillzustehen, wer also ein Rücken - oder Fußleiden habe, sei ungeeignet, das würde kein Honiglecken, und „ob wir etwas gegen Nacktheit hätten?" Unsicher schauen wir uns an: Wie, nackt? In unserem Alter? Wer das ablehne, bekäme nur 30.-€ pro Auftritt, statt der üblichen 50.-€. Sie setzt uns die Pistole auf die Brust: Drei Frauen stehen sofort auf und gehen. Ich bleibe. Nach 14 Tagen bekomme ich Post vom Theater: Mein Statisten-Vertrag! Während der Probenzeit erhalten wir einfache Baumwollkittel und Kopftücher aus dem Fundus. Leinenkleider und fein gefältelte Hauben werden uns später auf den Leib geschneidert. Die Kostümierung hilft, sich in die Rolle hineinzudenken. Müde, mit gebeugtem Oberkörper, geschafft von schwerer Arbeit knien wir am Waschtrog. Die Anweisungen der Regisseurin sind detailgenau, jede falsche Handbewegung, jedes unpassende Kopfdrehen wird bemerkt und sofort kritisiert. In englischer Sprache ruft sie ihren Unmut zur Bühne hinauf, schwer, es ihr recht zu machen. Die Sprachbarriere - ihr starker Akzent - sorgt für Missverständnisse. Die Wäschestücke müssen beim jeweiligen Stichwort des agierenden Schauspielers synchron ins Wasser getaucht, auf Kommando hochgehalten, ausgewrungen und erneut ins Wasser geklatscht werden: Gnade uns, das geschieht nicht bei allen Waschfrauen zeitgleich! Ein Wischtücher- Ballett, im Takt der eingespielten Musik. Diese Choreographie ist der Regisseurin äußerst wichtig. Erbarmungslos lässt sie uns wiederholen „once again"... das dauert, und die anfängliche Begeisterung, Statist zu sein, verschwindet, löst sich auf in Unmut, schmerzenden Knien, Müdigkeit!

Statist sein heißt: Warten lernen. Die Raucher unter uns treffen sich in einem kleinen fensterlosen Raum im Untergeschoss, dessen Zustand - volle Aschenbecher und verqualmte Luft - allein dazu beitragen könnte, sich das Rauchen für immer abzugewöhnen: An den Wänden hängen dicht an dicht hunderte Zigarettenschachteln, sämtliche Marken, die Generationen von

Theaterleuten hinterlassen haben. Eine Wand ist für Fotos reserviert, die Menschen in allen möglichen Situationen zeigen, immer mit der Zigarette in Mund oder Hand. Am schwarzen Brett im Gang davor hängt unser Probenplan. Wenn wir Glück haben, bleibt es bei den anberaumten Zeiten, regelmäßig aber wird geändert, manchmal gehen wir unverrichteter Dinge wieder heim, schade um die Zeit. Marionetten sind wir, hilflos an Fäden hängend, und selbst die Schauspieler beugen sich diesem Ablauf, weil sie es müssen. Die wahren Könige im Theater sind Regisseure, ausgestattet mit grenzenloser Macht! Wir verstehen jetzt, was Elmar Goerden in seiner Abschiedsrede als scheidender Intendant über Theaterarbeit sagte: „Schauspielerei, das ist ein gnadenloser Beruf. Es ist Fallenstellerei. Ein Regisseur ohne Schauspieler ist ein armes Schwein. Ein Schauspieler ohne Regisseur ist immer noch ein Schauspieler".

Premiere! Im dunklen, engen Gang hinter der Bühne warten wir auf unser Zeichen. In den Kulissen ist jede Stufe, jede Unebenheit im Fußboden mit weißen Bändern markiert: Ja nicht stolpern, leise, leise...kein Wispern ist erlaubt und wir bangen, wenn jemand von uns Husten- oder Niesreiz unterdrücken muss. Jetzt sind wir wirklich fast nackt: Lediglich eine Brautkrone mit langem Schleier bedeckt unsere Blöße! Scheinwerfer sind auf Brüste, Po, und schlaffe Schenkel gerichtet. Obendrein wurden in der Maske unsere ohnehin vorhandenen Gesichtsfalten mit schwarzer Mascara vertieft: Alte Weiber unterm Brautkranz, groteske Kostümierung, die uns anfangs unsicher und befangen macht. Inzwischen aber lassen wir unsere Scham mit den Alltagskleidern in der Garderobe zurück.

Die Spannung, Nervosität, die alle Mitwirkenden einer neuen Produktion am Premierenabend erfasst, ist fühlbar, knistert im Gebälk von Bühne und Kulissen. Alle umarmen sich, toitotoi-Küsschen werden gehaucht, jeder ist hochkonzentriert. Die Bühnenarbeiter, zuständig für alle Umbauten und Requisiten, die Beleuchter, die Tontechniker, die Inspizientin an ihrem Pult, die Regie-Assistenten, die zusammen mit den Garderobenfrauen für reibungslose, schnelle Kostümwechsel verantwortlich sind: Jeder weiß, was er zu tun hat...tausendmal geprobt, eigentlich kann nichts schiefgehen, und doch geht immer irgendetwas schief. Die kleinen Pannen werden routiniert überspielt. Wir bewundern die Schauspieler, die souverän ruhig scheinen, obwohl es im Innern brodeln muss! Adrenalin wird ausgeschüttet, pumpt in jeder Ader und es wird klar, warum Premierenkarten beim Publikum besonders begehrt sind: Alles ist neu, das Theaterstück in dieser Inszenierung, mit diesen Schauspielern, in diesem Bühnenbild, vorher so nie gesehen und gehört! Mit nichts vergleichbar ist diese Euphorie, die von Lampenfieber geschüttelte Energie und Spielfreude aller Akteure: Der Charme des Erstenmals!

„Die Bühne", sagte Elmar Goerden, „ist eine Zeitschleuse und eine Ortsschwelle. Sie ist ein Tanzboden, der sich hingeben kann und der großzügigste Liebhaber, der alles verzeiht. Die Bühne ist mitunter aber auch die elendeste Einöde und das, was die Höhen-Bergsteiger die Todeszone nennen. Ein Ort ohne Gnade. Ein Resonanzraum, der sich taub stellen kann. Ein Schlachtfeld. Ein Aufschlagplatz für abstürzende Seiltänzer.- Den Schauspielern gehört deswegen meine ganze Liebe, weil sie nichts zwischen sich haben und dem, was sie tun. Sie sind ihr eigenes Material und daher vollkommen ungeschützt und immer wieder neu angreifbar. Sie stehen für uns alle, und darum können wir nichts Besseres tun, als uns ihnen anvertrauen!"

MUSIKANTEN MIT MASKE
ODER KUNST AUFRÄUMEN

Der Schweizer Komiker, Kabarettist und Künstler Ursus Werhli machte eine epochale Erfindung: Er begann unbekümmert und nur scheinbar respektlos, in den Bildern berühmter Maler aufzuräumen! Werhli nimmt alle Formen und Flächen, zerlegt sie gewissenhaft in große und kleine Teile, ordnet sie neu nach Farben und stapelt sie zu Säulen, wobei er, dem Gesetz der Statik folgend, mit den größeren Form-Elementen unten beginnt. Nichts geht verloren, nicht der kleinste Strich oder Punkt, alles ist da, wieder da, und auf verblüffende Weise überzeugend.

In Niki de Saint Phalles Bild „Volleyballspielerin" sammelt er die roten Gliedmaßen der Figur, Beine, Arme, Kopf, und türmt sie ebenso übereinander wie die winzigen, wie Mosaiksteine leuchtenden Teile ihres Sport-Anzugs. Kasimir Malewitschs Bild „Der Holzfäller", auseinanderklamüsert auf wehrlische Art, ergibt, ich habe nachgezählt, neunundsechzig farbige, fast geometrische Puzzleteile, die, aufeinander gehäuft, nichts an Ästhetik entbehren. Seine Phantasie beim Kunstaufräumen ist grenzenlos! Bei van Goghs bekanntem Ölbild „Das Schlafzimmer in Arles" verzichtet er auf das Zerlegen in Einzelteile und räumt des Malers karge, persönliche Habe, Tisch, zwei Stühle, einen Spiegel, Bilder und Kleiderhaken samt Kleidern kurzerhand auf und unter das Bett: Welche Unverfrorenheit! Gähnend leer auch der vorher von Menschen wimmelnde Dorfplatz auf Pieter Bruegels Bild aus dem Jahr 1559: „Kampf zwischen Karneval und Fasten", mit dem verwaisten Brunnen und leeren Hausfassaden. Auf der nächsten Buchseite sind alle Personen wieder da, in einer Art Haufen-Wolke schwebend, als strebten sie dem Himmel zu, losgelöst von nichtigen Gewohnheiten und Tagesgeschäften!

Aber Werhlis Spiel- und Ordnungstrieb macht auch vor großen Werken der Kunstgeschichte nicht halt. Da sind tausend Dinge im täglichen Leben, über die sein Blick stolpert. Seine Hände zucken, er greift ein, muss eingreifen, und die Kamera dokumentiert das Vorher-Nachher: Hier ist Ursus Wehrli vorbeigekommen!

Ein Parkplatz, auf dem die Autos zufrieden aussehen, weil sie in Rot- Blau-, Gelb -, Grün - Rudeln exakt in markierten Parklücken stehen, der Sandkasten, in dem Eimer, Förmchen und Schaufeln zueinander finden und gemeinsam nach vorn schauen. Ein Tannenzweig, so wie wir ihn kennen, bereit für eine Kerze oder Weihnachtskugel, sieht sich all seiner Nadeln beraubt: Schlanke Nadelsäulen sind das Ergebnis, die mageren Zweige nackt daneben, als schämten sie sich ihrer Blöße. Und nicht einmal der Himmel ist vor Wehrli sicher: Reißt Sternbilder auseinander und zwingt sie in seine Ordnung der Helligkeit und Größe; stramm stehen müssen seine Sterne in aufrechter Riege, ob sie wollen oder nicht!

Herr Werhli aber kann nicht überall sein.

Eines meiner kubistischen Lieblingsbilder malte Pablo Picasso 1917: „Musikanten mit Maske". Das über zwei Meter breite Gemälde - es hängt in New York im „Museum of modern Art", vor 20 Jahren habe ich beeindruckt davor gestanden. Es zeigt drei etwa lebensgroße Musiker in Kostümen: Links spielt ein Pierrot Klarinette, in der Mitte ein Harlekin Gitarre, und rechts singt ein Mönch von einem Notenblatt. Es wird vermutet, dass sich Picasso mit der Figur in der Mitte selbst darstellt, über die konkreten Personen neben ihm – Dichterfreunde oder Komponisten - gehen die Deutungen auseinander.

Soweit ich weiß, ist das Bild dem Zugriff Herrn Werhlis bisher entgangen, obwohl sich dieses Gemälde zum Auseinandernehmen besonders gut eignet: Die flächigen Bruchstücke der Figuren rühren, laut Ausstellungskatalog, von ausgeschnittenen und bemalten Papierstücken her, eine Frühform der Collage. Aufforderung für mich und meine 5-jährige Enkeltochter, aus einer verkleinerten Fotokopie des Bildes alle Teile sorgfältig auszuschneiden, um sie alsdann - frei nach Werhli – zusammenzufügen, wie es uns gefällt. Es wird wohl lange Diskussionen geben - meine

Enkelin ist noch eigensinniger als ich - aber das macht nichts: Dank an Ursus Werhli für diese Anregung! Was Picasso dazu sagen würde? Wir können es nur ahnen!

KIND SPIELE

Mutter, Mutter, wann darf ich verreisen?
Fischer, Fischer, welche Fahne weht heute?
Mein Vater hat ein Schwein geschlachtet,
was willst du davon haben?

Das riefen wir Kinder uns zu,
Gruppenspiele,
selten unterbrochen von einem
durchfahrendem Auto.
Linien gezogen in den Lücken zwischen
den Pflastersteinen,
in diesen Reihen liefen wir,
die Straßenseite wechselnd.
Wettkämpfe im Freien,
die Spielkameraden anfeuernd,
rot die Wangen
beim Nachhausekommen.

Da saß mein Kind
allein still vor Legosteinen.
Steckte Häuser und Fahrzeuge zusammen.
Immerhin
noch kein Computerspiel
Nintendo oder game-boy.

Vergangene Zeit.

Frieda
ODER
DIE Einsamkeit des Witwers

Die Couch in seinem Wohnzimmer ist alt, aber bequem. Eine weiße Leinendecke verhüllt den altmodischen Bezugsstoff, und die farbigen Kissen darauf machen sich gut. Martin ist zufrieden. Er richtet sich auf einen gemütlichen Abend ein: In der Fernsehzeitung hat er markiert, welche Sendung er sich ansehen will. Auf dem kleinen Tisch steht die Bierflasche, daneben eine Schale mit Pistazien.

Sein Blick ist auf den Bildschirm gerichtet, aber eine nur in den Augenwinkeln wahrgenommene Bewegung lässt ihn nach rechts zum Sofa schauen: Eine große schwarze Spinne krabbelt langsam auf einem weißen Rückenkissen abwärts. Sehr vorsichtig, sehr behutsam, als wüsste sie, wie ungetarnt sie sich vorwärts bewegt. Martin springt auf, eilt in die Küche um ein Glas zu holen, kramt hastig in der Schublade nach einem Deckel, findet einen Bierdeckel, - aufgehoben als Erinnerung an einen verliebten Abend im Gartenlokal mit Frieda - und sieht, dass die Spinne sich inzwischen nur wenige Zentimeter weiter bewegt hat. Er hebt den Arm, will ihr das Glas überstülpen und im gleichen Moment, in Sekundenschnelle, ist sie verschwunden! Fassungslos blickt er auf die Stelle: Können Spinnen springen? Oder hat sie sich, ihrer Schwarz auf Weiß-Sichtbarkeit bewusst, klug auf ein dunkles Kissen gesetzt, ihren Jäger im Visier, um sich dann im günstigen Augenblick schnell davon zu machen? Martin hebt jetzt jedes Kissen hoch, schaut in jede Falte, lüftet die Decke, späht unter das Sofa: Nichts! Sie ist und bleibt unsichtbar! Ärgerlich schüttelt er den Kopf, wendet sich wieder der TV-Sendung zu, aber sein Unbehagen bleibt. Immer wieder muss er nachgucken, ob sie vielleicht zum Vorschein kommt. Er stellt den Fernseher ab, der Abend ist gelaufen!

Am nächsten Morgen, Zufall oder nicht, fällt ihm eine Zeitungsnotiz auf: „Giftspinne sitzt in Bananentüte". Eine Frau hatte im Supermarkt Bananen gekauft und zu Hause das Tier entdeckt, voll Furcht ihren Nachbarn alarmiert, der die Spinne einfing und zur Polizei brachte. Die hellbraune Spinne sei zwar nur wenige Zentimeter groß, aber ihr Biss könne je nach Umständen fürchterlich sein. 90 Prozent aller Bisse von Giftspinnen führten zu neurologischen Ausfällen, es könne zu Lähmungen in Arm und Schulter kommen, zu Sprachstörungen, Muskelzucken und Atemnot, im schlimmsten Fall drohe auch der Tod! Nein, redet Martin sich beruhigend zu, seine Spinne war schwarz, sicher harmlos, aber wo ist ihr Netz, sie muss doch ein Netz haben? Seine

Wohnung ist makellos, das wäre ihm aufgefallen. *„Geschlechtsreife Männchen* – liest er bei Wikipedia – *weben selten Netze, sondern begeben sich auf die Suche nach einem Weibchen. Nach der mehrere Stunden dauernden Paarung lebt er zwar mit dem Weibchen im selben Netz, allerdings sehr an den Rand gedrängt"*

Ob sie durch die geöffnete Balkontür hereinkam, vielleicht auf dem gleichen Weg wieder hinausgefunden hat? Zu gern hätte er Gewissheit! Er fühlt sich nicht mehr wohl in seinem Zuhause, die Spinne geht ihm nicht aus dem Kopf. Vorbei sein geruhsames Mittagsschläfchen auf der Couch, der Gedanke, sie könnte während eines Nickerchens über sein Gesicht laufen: Er schüttelt sich, widerlich wäre das! Er denkt an nichts anderes mehr.

Er ruft seinen Freund an – er ist Psychologe - erzählt ihm von seiner Angst und Unruhe. „Leider habe ich momentan gar keine Zeit für dich, aber ich komme heute Abend auf ein Bier, dann reden wir darüber!" Am Abend, sie sitzen sich in Sesseln gegenüber, blickt Martin ständig zur Couch, kann sich nur mühsam konzentrieren auf das, was ihm der Freund mit ruhiger Stimme erklärt: „Hör zu, lass es erst gar nicht zu einer Phobie kommen. Betrachte die Spinne nicht als Feind, nicht als etwas Ekliges! Sei dankbar, dass es sie gibt. Spinnen vernichten schädliches Ungeziefer wie Hausstaubmilben, die sich zu Hunderten in jedem Bett, jedem Teppich aufhalten. Spinnen vertilgen Mengen davon in kurzer Zeit. Verjage sie nicht, töte sie nicht, denke sie dir einfach als eine Art Freundin. Das hilft!"

Als Freundin? Nur schwer gewöhnt er sich an den Gedanken. Obwohl: Eine Freundin wäre nicht schlecht! Was kann er tun, damit sie wieder zum Vorschein kommt? Sind Spinnen eher nachtaktiv? Wie vermehren sie sich? Er weiß so wenig. Liest im Lexikon, dass es 20 000 Arten gibt, Größen von 1mm bis 9cm Körperlänge, das Kopfbruststück sei vom meist eiförmigen Hinterleib abgesetzt, 4 Beinpaare, Kieferfühler mit Giftdrüsen. „Spinnen am Morgen bringt Kummer und Sorgen, spinnen am Mittag bringt Glück zum dritten Tag, spinnen am Abend erquickend und labend" - wo hatte er das gehört? Bezog sich vermutlich auf die Arbeit früher am Spinnrad...egal, er liest alles, was er über Spinnen auftreiben kann, ihm raucht der Kopf. Das Fernsehgerät bleibt am Abend aus, sein Telefon stellt er ab, geht kaum noch aus dem Haus: Er wartet auf die Spinne, seine Spinne, die er in Gedanken „Frieda" nennt, der Name seiner verstorbenen Frau. Die Balkontür lässt er jetzt stets einen Spalt breit geöffnet, egal, wie kalt es ist. Die Nachbarn bekommen ihn kaum noch zu Gesicht. Der Frage „Wie geht es Ihnen?", weicht er aus, geht grußlos weiter. - Der spinnt, sagen die Nachbarn.

Nach einigen Wochen, - man hatte Martin

nicht mehr gesehen, weder im Haus, noch beim Einkaufen, keinerlei Geräusch mehr gehört aus seiner Wohnung - lässt der Hausbesitzer die Tür öffnen. Die Polizei, der Vermieter, die neugierigen Nachbarn: Sie alle sehen eine saubere, aufgeräumte Wohnung, absolut nichts Auffälliges. Nur von Martin keine Spur! „Er hätte uns Bescheid gesagt, wenn er verreist wäre", sagt Frau Linnemann vom 1. Stock, „das macht er immer, wir gießen dann seine Balkonblumen". Man berät, was zu tun sei, entschließt sich zögernd zum Gehen. Nur der Hausbesitzer sieht, wie zwei große schwarze Spinnen blitzschnell unter der Couch verschwinden.

„Kein Wunder, wenn sich hier Ungeziefer breit macht", schimpft er und schließt die Tür.

© FHy

DER AUSFLUG

In diesem Jahr ist der Winter ausgefallen. Es gab keinen Schnee, keine rutschigen Straßen, kein mühsames Herumkratzen auf gefrorenen Autoscheiben. Und es scheint, als sollte uns auch der Frühling vorenthalten werden, denn schon Anfang März scheint die Sonne mit sommerlicher Kraft in die kahlen Bäume, die keinerlei Anflug von Grün tragen. Für das Wochenende werden wieder Temperaturen über 20 Grad erwartet, und die Restaurants richten in aller Eile ihre Biergärten her, ordern Extra-Personal, um dem Ansturm begegnen zu können. Jeder ist auf den Beinen, alle wollen hinaus ins Freie, in die Natur, zum Wasser, an die Ruhr, zu den Stauseen. Die Autos stauen sich schon vormittags an den Ausfahrten zu den Naherholungsgebieten, und die Parkplätze kapitulieren vor der Menge der Fahrzeuge.

Mein Telefon klingelt. Ein Freund - er ist Fotograf - ruft an: „Was ist, kommst du mit? Ich möchte zu einem Truppenübungsplatz, da sollen verrostete Panzer stehen, die will ich fotografieren!" Ich kenne seine Vorliebe für alles Morbide, im Zerfall Begriffene. Seine Sammlung von Fördertürmen, verrotteten Zechen- und Industrieanlagen, Bergbauhalden, Autofriedhöfen, aufgegebenen Regionalbahnhöfen, umfasst Hunderte von Abbildungen. Doch ebenso wie ich mag er Natur.

Kein Käfer ist zu klein, keine Blüte zu winzig, um nicht sein Interesse zu erregen. Geduldig wartet er, die Kamera in Position, auf den richtigen Moment, das richtige Licht. Vögel, Schmetterlinge oder Eidechsen halten selten still.

Er kennt den Weg. Nach 60 Minuten Fahrt halten wir vor einer Schranke, rot-weiße, abgeblätterte Farbe, verbogene Hinweisschilder: Militärischer Bereich, Sperrgebiet, nicht die Wege verlassen, Lebensgefahr! Verunsichert durch die Warnungen, sträube ich mich, habe Angst, will mich nicht durch den Absperrzaun zwängen. Ist Lothar auf Motivjagd, haben ihn Schilder wie „Privat" oder „Für Unbefugte verboten" noch nie abhalten können. Eher ein „jetzt erst recht", und das Ergebnis, seine außergewöhnlichen Fotos, Motive, die anderen unzugänglich bleiben, rechtfertigen diese Missachtung. Aber allein zurückbleiben, warten? Er redet beruhigend auf mich ein „Du brauchst dich nicht zu fürchten, hier ist nichts los, alles verlassen! Wäre Manöver, würden wir gar nicht bis zur Schranke gekommen sein, alles wäre weiträumig abgesperrt: „Jetzt komm schon!"

Eine breite, geteerte Straße, die leicht bergauf führt, zu beiden Seiten Kiefern und Birken. Kein Vogel singt, ist es still, eine menschenleere, verlassene Welt! Immer wieder Schneisen im Wald, durchzogen von Panzerspuren, aufgewühltes Erdreich. Ich möchte umkehren, mir ist unheimlich zumute. Nach einer Biegung begegnet uns ein junges Paar. Es sind Ausflügler wie wir, mit Fotoapparat. Auf jedem anderen Waldweg wären wir aneinander vorbeigegangen, aber hier, in dieser einsamen Unwirklichkeit, bleiben wir stehen, reden: Auch sie hätten von den Panzern gehört, erklärt der Mann, aber da wäre nichts. „Wir sind Kilometer gelatscht" stöhnt die Frau, „und das bei der Wärme heute!". Sie sieht mich an und zwinkert, heißt wohl soviel wie: Jaja, der Spleen der Männer. Beide gehen zurück zum Ausgang, wir gehen weiter, immer noch auf Asphalt, immer noch bergan. Rechts taucht ein Gebäude auf, eine Art Edelbaracke, „South-Fork" informiert ein Schild davor. Verrammelte Fenster und Türen, ein grasbewachsener Platz mit einem verschämten blauen Dixie-WC in der hinteren Ecke. Ich bleibe immer wieder stehen, unentschlossen weiterzugehen, aber Lothar treibt mich an: „Komm doch, wir gehen jetzt nur noch bis zu dem Hügel – wenn wir dann nichts sehen, kehren wir um, versprochen". Der Wald lichtet sich, wir erreichen eine Anhöhe, machen Halt vor einer halb zerfallenen, niedrigen Steinmauer. Vor uns öffnet sich eine weite, sandige, strauchlose Fläche, und, mit dem bloßen Auge gerade noch erkennbar, hocken tatsächlich in der Ferne vier graue Ungetüme. Das gleißende Gegenlicht narrt unsere Augen: Es könnte eine Gruppe ruhender Elefanten sein, was mich freuen würde, doch es sind die gesuchten Panzer: Endlich! Lothar baut sofort sein Stativ auf: das dauert jetzt! Ich finde einen Platz in einer Sandmulde, froh, nicht weiter gehen zu müssen, Wasserflasche und Zigaretten griffbereit, es lässt sich aushalten.

Plötzlich taucht aus einem der Panzer oben im Turm, direkt über der schräg nach oben gerichteten Kanone, ein Kopf auf: Ein altes, bärtiges, furchterregendes Gesicht mit langen schlohweißen, zotteligen Haaren, das sich sofort wieder zurückzieht. Entsetzter Aufschrei von mir: Ein Gespenst, der Geist eines toten Soldaten, keine Einbildung, ich sah es ganz deutlich: Verfluchter Ort hier, an dem es spukt...greife nach meiner Tasche und renne los: Bloß weg hier! Lothar, der nichts mitbekommen hat, und sich erst jetzt, erstaunt über meine Flucht, umsieht, erstarrt: Aus sicherem Abstand – ich bin etwa 100 Meter entfernt – sehe ich, wie ein hagerer Mann vom Panzer heruntersteigt und mit beruhigenden Gesten, freundlich lächelnd auf Lothar zugeht, mit ihm spricht. Also kein Gespenst, ein Wesen aus Fleisch und Blut? Vertrauenerweckend sieht der nicht aus, eher wie ein Landstreicher, der mal unter die Dusche müsste. Der Schreck in mir zittert nach, aber Lothar winkt mir zu – keine Sorge, alles okay - ich verscheuche Angst und Misstrauen, gehe zurück und sehe das Gespenst aus der Nähe. Als Obdachloser hätte er eines Tages die Panzergruppe entdeckt, erklärt der Mann, und sich da einquartiert. Die abgeschiedene Lage sei ideal, ringsum Natur, herrliche Ruhe, selten ließen sich Menschen blicken. Nur an Wochenenden würden Jugendliche auf Motocross-Rädern das Gelände unsicher machen, dann käme er erst in der Dunkelheit aus seinem Versteck hervor. Er sei dankbar, mal wieder mit Menschen reden zu können, sagt er mit heiserer Stimme, ob wir seine Behausung besichtigen wollten? Er zeigt uns den Fahrer- und Motorraum, einen Getrieberaum und den Kampfraum inklusive Turm. Der Panzer sei für fünf Mann Besatzung eingerichtet gewesen, britischer Sturmpanzer aus dem Zweiten Weltkrieg. Während späterer Manöver hätten sie als Zielübung gedient und zeigt auf die vielen Einschusslöcher in der Panzerwanne. Der Truppenübungsplatz stünde unter britischer Verwaltung, sei aber schon länger stillgelegt, eingezäunt und abgesperrt wegen möglicher Blindgänger. Wir spähen durch die Einstiegsluke in enges, niedriges Dunkel, es riecht nach Metall und Moder. Ein zusammengerollter Schlafsack, einige Bücher, Konserven, ein Spirituskocher, 10-Liter Plastik-Kanister mit Wasser, ein Transistorradio, Tetra-Paks mit Rotwein. An trockenen Tagen sammele er Holz, versuche sich an kleineren Skulpturen. Viel Zeit zum Nachdenken. Wenn er nachts den Sternenhimmel über sich sieht, durch kein Großstadtlicht beeinträchtigt, die Stille, der Wind, dann fühle er sich glücklich. Wie viel, wie wenig braucht ein Mensch zum Leben, zum Überleben? Leider müsse er im Winter zurück ins Obdachlosenheim, doch sobald es die Witterung im Frühjahr erlaube, zöge er hier ein, unbemerkt, unentdeckt seit drei Jahren, und, „Wir würden ihn doch nicht verraten?"

Ich betrachte ihn genauer, wie alt kann er sein? Bestimmt siebzig, wenn nicht älter, was mag er erlebt haben? Wie ist er – Eremit in einer Stahlhöhle - in diese Situation geraten? Ein nicht unsympathisches, schmales Gesicht, tiefe Falten, Nase und Wangen unter der Sonnenbräune von roten Äderchen durchzogen. Seine braunen Augen blitzen lebhaft, seine Sprache ist die eines gebildeten Menschen. Ein gescheiter Gescheiterter? Er scheint mir meine Fragen anzusehen. Ob wir ihn an irgendeinem schönen Sommerabend wieder besuchen könnten? Er würde den Grill anzünden - wenn wir Rotwein mitbrächten? Und ob er die Fotos sehen könne, die Lothar gemacht hat? Bestimmt, wir versprechen, wiederzukommen, bald schon, und verabschieden uns mit Handschlag.

Zwei Monate später, mit Wein, Käse, Fladenbrot und Grill-Würstchen, machen wir uns erneut auf den Weg zum Truppenübungsplatz. Die vier alten Panzer hocken unverändert gleichmütig im Sand, aber unser Einsiedler lässt sich nicht blicken. Wir rufen, warten, suchen erfolglos in der näheren Umgebung. Vielleicht ist er gestorben, liegt jetzt tot in seinem Versteck? Mich gruselt, aber Lothar steigt beherzt auf den Panzer, schaut hinein: Alles leer, nichts mehr da, kein Schlafsack, keine Bücher, als hätte es nie einen Bewohner gegeben! Nur auf der Rückseite, vor dem Getrieberaum, liegen Holzspäne und Stücke abgeschabter Baumrinde. Versteckt in einer Nische, eingewickelt in Zeitungspapier, finden wir eine kleine weibliche Holz-Skulptur. Eine umgedrehte Astgabel gekonnt genutzt zur Figur einer schreitenden Frau. Die natürliche Maserung des Holzes unterstreicht die sparsam plastische Form. Ein Kunstwerk, dessen sorgsam glatt geschmirgelte Oberfläche zum anfassen, streicheln animiert. Das Geschenk eines Holzschnitzers, der vielleicht zulange auf uns gewartet hat? Nachdenklich öffnen wir die Rotweinflasche und trinken auf das Wohl des geheimnisvollen Künstlers, nach dessen Namen wir leider nicht gefragt haben.

HOCKENHORNHOCKER

da trieb ich mit dir
im Meer der Steine

dein poetischer Blick
ungetrübtes Sehen
auf Großes und Winziges

mag Chaos sein
in den Zimmern
in deiner Zeit
in den Zügen
Klarheit doch in
den braunen Augen
nicht vorstellbar
dass du an Schönheit
vorbei gehst

sah nie zuvor
Gipfelbucheinträge
auch meine
Gipfel sind schwer
zu erklimmen

je nach Wetterlage
heute diesig
im Halbmond

DER ZWETSCHGENBAUM

Mein Baum ist alt.
Wahrlich keine Schönheit.
Ohne Schnitt,
ohne Kalkanstrich,
sich selbst überlassen
strebte er zum Licht.
Wuchs schief zehnmeterhoch
in den Himmel.
Seine köstlichen Früchte
inzwischen unerreichbar.

Zur Reifezeit wirft er sie
großzügig ins Gras.
Dann müssen wir uns beeilen
beim Aufsammeln,
denn Wespen und Vögel
lieben sie auch.

Er sollte gefällt werden.
Doch bin ich dankbar
dass es ihn gibt.
Mut machendes Vorbild,
Sinn gebend
auch für mein Leben
gebeugt
nicht gebrochen.

ENTSCHLEUNIGUNG

Auf Fahrtgehen, aufbrechen ins Neue, Unbekannte: Der Wunsch ist da, immer, aber richtig geklappt hat das noch nie: Reisen will gelernt sein! Als ich jung war, nahm mich meine ältere Schwester mit. Warum sie das tat, weiß ich nicht, ich hätte mich nicht mitgenommen. Schon beim Kofferpacken beginnt mein Problem. Zu reduzieren, sich auf Notwendiges, Praktisches zu beschränken, will nie gelingen.

Dank meiner Schwester stand ich im Louvre vor der „Mona Lisa" und der „Venus von Milo". In Berlin blickten wir andächtig auf den „Mann mit Goldhelm", der damals noch eindeutig Rembrandt zugeschrieben wurde. Manchmal fuhren wir nach Wangerooge, wo die beste Freundin meiner Schwester zuhause war, deren Mutter in der Kurverwaltung arbeitete: Das Wetter war immer gut, das Meer immer blau.

Später, mit eigener Familie, wurde ich nicht mehr mitgenommen, musste mich um Zielort und Quartier *selbst* kümmern. Ob an die Berge oder ans Meer war meinem Mann, Reisemuffel wie ich, egal, doch für die langen Sommerferien der Kinder musste etwas geplant werden. Es galt, nach preiswerten Unterkünften Ausschau zu halten – unser Urlaubsetat war klein – und das, was ich dann buchte, war dementsprechend. In Dänemark, auf der Insel Fünen, mieteten wir ein kleines Haus mit Reetdach. Es regnete zwei Wochen lang, das Dach war undicht, die Betten wurden nass. Mein Ehemann verlor den einzigen Schlüssel zum Haus und wir mussten einen teuren Schlüsseldienst beauftragen. Im Allgäu bewohnten wir die einsam gelegene Hütte von Verwandten. Man konnte nicht mit dem Auto vorfahren, das Gepäck musste über einen langen Pfad hoch getragen werden. Bei unserer Ankunft hatte sich nach starkem Gewitterregen der Weg in einen sprudelnden Bach verwandelt, die Gummistiefel tief im Kofferraum unter all dem Gepäck nicht erreichbar. Die Hütte war verrammelt: Es dauerte, Türen und Fensterläden zu öffnen. Nass bis auf die Haut, vier begossene Pudel, kein guter Start! Das Wetter blieb zwei Wochen kühl und unbeständig und besserte sich erst mit dem Tag unserer Abreise. In meiner Erinnerung war die eine Hälfte der sechswöchigen Schulferien, in der wir noch zuhause waren, allerbester, schönster Sommer und wir packten voll Vorfreude Badesachen und luftige Sommergarderobe. Fuhren wir los, änderte sich die Großwetterlage und wir waren einem Gemisch von häufigen Regentagen, kühler Witterung, und seltener Sonne ausgesetzt.

Es gab nur einen Sommer auf Bornholm, der so war, wie man es sich für Ferien wünscht: Erster Lichtblick die im skandinavischem Stil eingerichtete Wohnung! Wie oft hatten wir Sperrmüll-eingerichtete Zimmer ertragen mit scheußlichen Tapeten und durchgelegenen Betten. Fotos und Bewertungen im Internet, die vor unliebsamen Überraschungen schützen, gab es noch nicht. Eine zauberhaft abwechslungsreiche Insellandschaft mit Wäldern, Hügeln, Steinbrüchen und Steilküsten, langen, einsamen Stränden. Die Sonne meinte es drei Wochen lang gut mit uns, als wolle sie uns für früher gehabtes Urlaubsleid entschädigen!

Warum sind wir nie in den Süden geflogen, mit Schönwettergarantie? Ein einziges Mal haben wir es versucht: Nord-Griechenland im August. Es gab eine extrem lange, und, selbst für griechische Verhältnisse, ungewöhnliche Hitzewelle, wie uns Einheimische versicherten: Tagsüber 40 Grad und mehr, in unserem Quartier ohne Klimaanlage fiel das Thermometer auch nachts nicht unter 30 Grad. Eine Quälerei der lange Fußweg zum schattenlosen Strand, schwer bepackt mit Sonnenschirm, Badesachen und Kühltasche. Einzig im Wasser, beim Baden und Schwimmen im wirklich sehr blauen Meer, ließ es sich aushalten. Die Hitze machte uns lethargisch, Unternehmungslust gleich Null. Jetzt sehnten wir uns nach einem kühlen Regentag! Die Stadt Thessaloniki empfing uns mit lautem Radiogedudel aus den Cafés, Mopedgeknatter und Abgasen. Für die Schönheit der Strand-Promenade, antiker Gebäude und anderer Sehenswürdigkeiten brachten wir nur mühsam Interesse auf. Dennoch lächelten wir auf allen gemachten Fotos, dienten sie doch bei den damals üblichen Dia-Abenden mit Freunden als Beweis für gelungenen Urlaub!

Unsere größte Reise - New York – bescherte uns beim Start vor dem Rückflug nach Deutschland einen Triebwerkbrand: Über Notrutschen mussten wir den Flieger verlassen, im Kennedy- Flughafen übernachten, und konnten erst am nächsten Morgen den Heimflug antreten.

Wie machten das andere Familien? Wir hörten immer nur von wunderbaren Ferien, herrlichen Quartieren, gutem Wetter und bester Erholung! Gab niemand Enttäuschungen, Pannen, Frustration zu? Waren wir zu unflexibel, zu sehr an häuslichen Komfort gewöhnt, nicht in der Lage, aus den Gegebenheiten das Beste zu machen, uns einfach über freie Zeit zu freuen? Mein Mann sehnte sich zurück an die Uni, ich dachte an meine Galerie, wo Kunden, die vor verschlossener Tür standen, sich später regelmäßig beschwerten. Selbst die Kinder freuten sich auf das Ende der Schulferien, auf das Wiedersehen mit Klassenkameraden. Abgefärbt haben die negativen Erfahrungen glücklicherweise nicht: Heute sind meine Kinder mit eigenem Nachwuchs ungebrochen reiselustig, die Enkelkinder gewohnt, ihre kleinen Köpfe auf fremden Kissen zu betten. Die Sesshaftigkeit meiner Vorfahren, Bauern, die selten Hof und Äcker verlassen konnten - wer hätte das Vieh versorgt? - das Vorbild der Eltern, selbständige Geschäftsleute, die keinen Urlaub kannten, hat mich mehr geprägt, als mir lieb ist. Wage ich mich doch einmal aus meinem Gehäuse, nehme ich den Zug! Staus auf Autobahnen oder längere Tunneldurchfahrten verursachen Herzklopfen und Schweißausbrüche, Klaustrophobie hat mich fest im Griff. Als schreckhafte Beifahrerin bin ich für jeden eine Zumutung. Es ist ganz einfach: Ich bleibe zuhause!

PLANMÄSSIGE ANKUNFT

Das Wort *Bahnhof* hat für mich einen elektrisierenden Klang: *A* und *O*, - Urlaute unseres Lebens - Alpha und Omega, Anfang und Ende. Oft habe ich Eltern, Bruder und Schwester oder Freunde aus dem von Berlin-Hannover einfahrenden Zug abgeholt und dort wieder verabschiedet. Tränen liefen, Wiedersehensfreude und Trennungsschmerz, (würde man sich gesund wiedersehen?) das Umarmen und Küssen, das Winken mit dem Taschentuch, bis der Zug Richtung Norden auf Höhe der Fiege-Brauerei hinter der Kurve verschwand.

Heute kommen meine Gäste im Auto, oder steigen am Bahnhof drei Rolltreppen tiefer in die U-35 und laufen die paar Schritte bis zur Wohnung, den praktischen Rollkoffer hinter sich herziehend. Fahre ich im Intercity nach Irgendwo, sitze im Großraumwagen Nr. 18 auf Platz 34, steige ich nach der Fahrt, so stumm wie ich eingestiegen bin, wieder aus: Selten kommt es zu einem Gespräch, jeder ist mit sich beschäftigt, anonym bleibende Vielreisende. Mein Sitznachbar und alle anderen hantieren mit wischenden Fingern auf den Displays ihrer Smartphones und Tablets, oder hören Musik. Der Knopf im Ohr erinnert mich an meinem Plüsch-Teddy, Marke Steiff, der immer mit dabei war, wenn ich mit meiner Mutter die Oma in Leipzig besuchte. An diese Eisenbahnfahrten in den 50er Jahren denke ich mit Wehmut. Bei den älteren Waggons hatte jedes Abteil noch einen separaten Eingang, der uns schon beim Einsteigen einen Hauch von Exklusivität vermittelte. Die damals üblichen hölzernen Sitzbänke in der 3. Klasse schmälerten unser Reisevergnügen keineswegs: Wir fuhren Holzklasse! In den neuen Wagen waren die Plätze gepolstert, aber das Muster der Einzelabteile blieb. Und, Wunder über Wunder, einige waren extra für Raucher reserviert! Der Qualm von Zigarren und Zigaretten kitzelte meine empfindliche Kindernase, wenn ich mich neugierig vor deren Coupé herumdrückte. Diese Spezies Reisende schien mir ein besonders frohes Völkchen zu sein: Ich hörte Musik, Gelächter, eine Flasche machte die Runde, in deren klarer Flüssigkeit winzige Goldpartikel schwammen: Man trank „Danziger Goldwasser"! Die Nähe in den kleinen Separees – sechs Personen hatten Platz - trug dazu bei, schnell vertraut zu werden mit anderen Reisenden. Spätestens nach einer Stunde kannte man Reiseziele und Persönliches aus dem Leben der Erzählenden. Die Fahrt verging im Nu, war abwechslungsreich und lustig, besonders dann, wenn vom mitgebrachten Proviant – jeder hatte etwas dabei – angeboten oder getauscht wurde. Für mich fiel immer ein Apfel oder ein Stück Schokolade ab. Der Speisewagen war etwas für reiche Leute. Wenn der Kontrolleur die Fahrkarten verlangte, mit seiner Knipszange ein winziges, ovales Loch in den festen, braunen Karton stanzte, war ich traurig über die Beschädigung meiner Fahrkarte. Was sind dagegen die auf dünnem Papier ausgedruckten Fahr- Ausweise, die man am Schalter ausgehändigt bekommt, oder sich - online gebucht - am PC selbst ausdrucken kann? Die auch schon wieder Vergangenheit sind: Heute zeigt mein Sohn sein Smartphone und der Schaffner (der jetzt *Zugbegleiter* heißt) geht wortlos mit seinem Scanner über den bar-code auf dem Display.

Klimaanlagen, Fenster, die sich nicht öffnen lassen, gab es nicht. Brauchte man frische Luft, wurde kräftig an dem Leder verstärkten Leinenband gezogen und das Fenster heruntergelassen. Ein Schild warnte in vier Sprachen vor dem Hinauslehnen - mühsam buchstabierte ich „È pericoloso sporgersi" - was aber nur halbherzig beachtet wurde: Schön war es, in einer Kurve am Zug entlang bis vorn zur Lok zu sehen, den Fahrtwind zu spüren, der Rauch und Ruß ins Gesicht blies, den meine Mutter mir dann mit einem spucke-befeuchteten Taschentuch von der Nase rieb. Wir fuhren mit Dampf, gemütliche 45km/h, noch ohne störanfällige Oberleitungen, die heute alle naselang den Bahnverkehr zum Erliegen bringen wegen umgestürzter Bäume. Es war verboten, dass WC aufzusuchen, während der Zug auf einem Bahnhof hielt. Alles, was man auf dem Örtchen von sich absonderte, fiel, nachdem man den Spülknopf betätigt hatte, direkt ins Freie: Unten sah man Schottersteine und Eisenbahnschwellen vorbei sausen. Sehr selten gab es Verspätungen, auf den Fahrplan der Deutschen Bahn war immer Verlass! Unsere Ankunft in Leipzig planmäßig, wo uns meine Großmutter am Bahnsteig in Empfang nahm: Für den Zutritt brauchte sie eine Bahnsteigkarte, die man für 10 Pfennig aus einem Automaten zog. War früher alles besser? Bestimmt nicht - manchmal aber würde ich gern die Zeit zurückdrehen!

LANGUSTEN

Wieder sah er die weite blaue Fläche, endlos. Darüber wölbte sich ein strahlendes, gelb-oranges Rund. Er wacht auf, schweißgebadet.

Nach langen Jahren in den Staaten war Kurt in die Heimat zurückgekehrt. Sohn und Tochter lebten wieder hier, seine Enkelkinder, inzwischen schon schulpflichtig, kannte er nur von Fotos. Jetzt sehnt er sich nach Familie, will für immer bleiben. Er besucht alte Freunde, - nur zu wenigen bestand noch Kontakt - erzählt von seinen Erlebnissen im Ausland.

Wie jeden Tag hatte er, noch vor Sonnenaufgang, die Fangkörbe in sein Boot geladen. Er fährt im Catalina-Channel, unweit Los Angeles, dorthin, wo reiche Langusten-Vorkommen sind. Am Abend wird er seinen Fang einholen, ihn an die Gourmet-Restaurants verkaufen. Diese frühe Stunde, allein auf dem Wasser, ist ihm die liebste. Die Glasbodenschiffe mit Touristen, die Delphine und Wale fotografieren wollen, sind noch nicht unterwegs. Das geheimnisvolle, diffuse Licht der Morgendämmerung, die Verheißung des Sonnenaufgangs, den ein schmaler, zart rosa Streifen am Horizont ankündigt. Das Meer ein stiller, glatter Spiegel. An Bord arretiert er den Hebel auf „vorwärts" und macht sich den ersten Kaffee des Tages. Mit der Tasse in der Hand beugt er sich am Heckspiegel über die niedrige Bordwand, um den Kühlwasserauslauf zu kontrollieren. Beide Auspuffrohre sind oft durch Plankton oder Plastiktüten verstopft. In diesem Moment, verursacht durch eines der draußen im Pazifik fahrenden Öltanker, erfasst eine ausrollende Welle das Boot. Durch den unerwarteten Ruck verliert er das Gleichgewicht, stürzt ins Wasser, die Kaffeetasse noch in der Hand.

Sein Fischkutter tuckert indes langsam geradeaus, der Morgensonne entgegen. Er versucht, ruhig zu bleiben, bezwingt aufkommende Panik, befreit sich von Kleidern und Schuhen, schwimmt auf der Stelle. Was kann er tun? Das Ufer ist 2 km entfernt, er könnte es erreichen, wäre da nicht die Barriere von Wasserpflanzen, die von allen Wasserfahrzeugen weiträumig umfahren wird: Ein Teufelszeug, dessen breitgefächerte, klebrige Blätter jedes Durchkommen verhindern! Sein besorgter Blick folgt dem Boot: Das graue Heck über grün-blauem Wasser, das strahlende runde Rot der jetzt aufgehenden Sonne. Ein Bild, das sich für immer in sein Gedächtnis brennen wird.

Das führerlose Boot gerät jetzt aus der Spur, fährt nicht länger einen geraden Kurs, sondern schlägt einen langen Bogen nach links, halbwegs in seine Richtung. Er fasst Mut, erkennt seine Chance. Versucht die Distanz einzuschätzen, schwimmt so schnell er kann dem Boot entgegen. Seine Berechnung stimmt. Er erreicht das Boot, dessen Kurs nun beginnt, einen Kreis zu schreiben. Er schafft es, sich neben dem Bug über Wasser zu halten, schwimmend auf gleicher Höhe zu bleiben. Aber wie jetzt hineinkommen? Seine kalten Hände krallen sich an die schmale Holzleiste, die rings um den Bootskörper führt. Er weiß, dass ihm ein einziger Versuch bleibt, Sekunden, um mit einer Hand nach dem Tau zu greifen, das über die Bordwand ragt. Mit äußerster Anstrengung gelingt es ihm, das Seil zu fassen, wickelt es um sein Handgelenk und lässt sich, völlig erschöpft, einfach nur mitziehen. Er muss aufpassen, nicht in die Nähe der Schiffsschraube zu geraten. Dann mobilisiert er noch einmal seine ganze Kraft, schafft den Schwung über Bord hinein ins Boot: Gerettet! Nass und frierend liegt er auf dem Schiffsdeck. Nach und nach beruhigt sich sein Herz. Mühsam steht er auf, stellt den Motor ab, wirft den Anker. Holt das Kenterpäckchen, um trockene Sachen anzuziehen. Mit zitternden Händen will er sich eine Zigarette drehen. Er spürt, wie plötzlich seine Beine nachgeben, rutscht zu Boden, verliert das Bewusstsein: Schockzustand! Wie lange die Ohnmacht anhält, weiß er nicht. Verwirrt, noch immer benommen, kommt er wieder zu sich. Spürt dankbar mit jeder Faser seines Körpers: Das Leben hat ihn wieder - es ist noch einmal gut gegangen!

Zuhause empfängt ihn seine Frau „Du bist schon zurück? War etwas?" Er schüttelt stumm den Kopf, geht ohne irgendeine Erklärung zur Tagesordnung über. Viel später erst kehrt das Erlebte in seine Träume zurück, vermutlich hätte er es sonst längst vergessen.

Duisburg-Ruhrort

Schiffsmasten
stromlinien
Industrie Geästel
vor filigranem Grau

kränkelnder Baum
Blätter zählend
berührt er
Regenwolken
tastend zum Nachbarn
Gestreckte Äste

tropft Tränen
rostrotes Segel
einsam im Kräuselwasser

Brückengeländer
hält keine Flut

HERBST

Voreilige Blätter
gelb sich färbend
keck unterwandern sie
reiches Sommergrün
Wiegen eitel im Wind sich
wollen die ersten sein
im modischen Herbstkleid
Lächelt der Baum
fächelt Silberlicht
schwingt Äste
verrät nicht
das bald schon
die Oktobersonne
ockerbraun
allen Blättern gibt
Dann fallen sie im Herbststurm
Schmerz gekrümmte
sich hoch biegende Blattränder
weinend im Novemberregen.

LENIS GEHEIMNIS

„Den Brockhaus gibt es nur noch digital oder gebraucht" lautet ein Titel in der Tageszeitung. Der
Gütersloher Verlag hatte schon im Jahr zuvor an-
gekündigt, den Druck der traditionsreichen
Brockhaus-Lexika einzustellen und habe jetzt keine Bände mehr auf Lager! Ich trauere dem
Brockhaus nicht nach. Im Regal steht das acht-
bändige „Große-Duden-Lexikon" des „Bibliografi-
schen Instituts Mannheim", geerbt von meiner
Tante Magdalena, Schwester meiner Mutter, der
ich meinen dritten Vornamen verdanke. Als Bi-
bliothekarin arbeitete sie an der Universität in
Halle an der Saale und durfte, inzwischen Rent-
nerin, schon vor dem Mauerfall die „Deutsche
Demokratische Republik" verlassen: DDR „der
doofe Rest" frotzelte meine Tante, froh, diesen
Unrechtsstaat hinter sich lassen zu können: Der
Westen lockte! Unverheiratet, kinderlos, zog es
sie in die Nähe ihrer einzigen Schwester nach
Hannover.

Das Archivieren, ordnen, katalogisieren
also lag meiner Tante im Blut. Ihre Zimmer rich-
tete sie mit Möbeln aus dem Katalog ein: Necker-
mann machte es möglich. Stolz zeigte sie mir ihr
neues, hochglanzpoliertes Zuhause. Sie öffnete
den Kleiderschrank, wies auf die seitlichen Fä-
cher, die sorgsam beschriftet waren: Bettwäsche,

Tischdecken, Unterwäsche, dann Frottétücher, Trocken - und Taschentücher, alles auf Kante ausgerichtet. Ähnlich die Kommoden-Schubladen: Handschuhe, Mützen, Schals. Schubladen voller Strümpfe, eingeteilt in Sommer- und Wintersocken, jedes Fach mit einem Schildchen versehen! Natürlich war ihre umfangreiche Bibliothek nach Sachgebieten und Autoren geordnet, mit einem Griff zog sie ein gewünschtes Buch hervor. Ihre Devise: Mit äußerer Ordnung stellt sich auch die innere ein! Sie hatte die „Hannoversche Allgemeine Zeitung", „Westermanns Monatshefte", und den „Spiegel" abonniert. Interessante Artikel schnitt sie aus, ordnete sie in die Lexika ein. Nehme ich heute einen der Bände zur Hand um etwas nachzuschlagen, komme ich nicht weit: Die vergilbten Zeitungsartikeln – die meisten datieren aus den 80er Jahren – erwecken Neugier, während des Lesen wird ein Jahrzehnt wieder lebendig:

„Steinkrebs bedroht Tadsch Mahal, Indiens Umweltschützer mahnen. - Ernst Bloch oder das Prinzip der Menschlichkeit – zum 90. Geburtstag des deutschen Philosophen. - Richard Burton stirbt an Gehirnblutung. - Tausend Lieder, eine Stimme, Hermann Prey singt sich durch Klassik, Romantik und Moderne.- Der Kennedy-Mythos behält seine Leuchtkraft: Zwanzig Jahre nach dem Mord von Dallas. - Hier tragen auch Lehrlinge Frack und Zylinder- Freimaurertum hat in

Hannover Tradition, Rituale hinter verschlosse-
nen Türen. - Einer der größten Unruhestifter des
Geistes: Zum Tode des Philosophen Jean-Paul
Sartre. - Der 78-jährige Schriftsteller Ernst Jün-
ger erhält in Frankfurt den Goethepreis. - Keiner
wird gewinnen: Zu dem Streit zwischen Karajan
und den Berliner Philharmonikern.- Rätsel um die
Todesfahrt von Marianne Strauß. - Der friedferti-
ge Anarchist, Georges Simenon wird 80 Jahre".

Damals hat mich das Leben dieser Tante
nicht sonderlich interessiert: Ich hielt sie für eine
pedantische alte Jungfer. Was sie nicht war. Erst
nach ihrem Tod offenbarte der Inhalt eines Kar-
tons mit Briefen und Büchern meinen Irrtum:
Reisefotos zeigen meine sehr schöne, sehr junge
Tante an der Seite eines Mannes, dessen Gelieb-
te sie war. Ihr Glück war kurz: Der Schriftsteller,
Chefredakteur und Landrat der Provinz Sachsen
starb mit fünfundfünfzig Jahren. Seine Bücher –
in der Zeit von 1924 bis 1944 wurden dreizehn
seiner Romane und Novellen veröffentlicht - ge-
hörten nach dem Ende des Zweiten Weltkrieges
zu den am meisten gelesenen zeitgenössischen
Autoren in Sachsen-Anhalt.

Erinnern ist den Menschen so nötig wie
Nahrung, Liebe, Schlaf...und sicher hütete meine
Tante ihre Erinnerung wie einen kostbaren
Schatz. Ob sie meiner Mutter davon erzählt hat?
Ich kann sie leider nicht mehr fragen.

VERBREITET REGEN

Verbreitet Regen
glänzend vor Nässe
die Hecke des Nachbarn
die scharlachroten Beeren
leuchtende Berberitze.

Begradigt, beschnitten
mit scharfer Schere.
Er weiß nicht
dass sie essbar sind
gesund die getrocknete Rinde
Heilmittel
für Galle und Leber

Ob sein
verkniffener Mund
je wieder lächelt?

LA BELLA PRINCIPESSA

Drei Herren und ein Fräulein.

Im Jahr 2008 entdeckte der Kunstsammler und Journalist *Peter Silverman* im Schaufenster einer New Yorker Galerie ein kleines Portrait. Es zeigt ein junges Mädchen im Profil. Ihr braunes Haar ist zu einem Zopf geflochten, das Haarnetz kunstvoll mit Perlenschnüren drapiert. Die Galeristin erklärt, sie habe das wenig beachtete, unsignierte Bild auf einer Auktion bei Christie's ersteigert, im Katalog als *Deutsche Arbeit aus dem 19. Jahrhundert mit Stilelementen der Renaissance* ausgewiesen. Silverman, sofort fasziniert vom Liebreiz und der Lebendigkeit des zarten Gesichts, den meisterhaft abgestuften Farben, entschließt sich zum Kauf. Es ist eine Kreide-und Tinte-Zeichnung auf feinem Pergament, *Vellum* genannt, hergestellt aus Kälberhaut. Für 20.000 Dollar wechselt es den Besitzer. Sein Kunstverstand sagt ihm: Weder deutsch, noch 19. Jahrhundert, - glaubt eher an die Hand eines italienischen Malers der Renaissance: Sein Jagdinstinkt erwacht!

Er wendet sich an *Martin Kemp,* emeritierter Professor für Kunstgeschichte und bekannter da Vinci-Experte. Per E-Mail sendet Silverman ihm das Foto des Bildnisses: Beides, Name der Dargestellten und der des Künstlers wären unbekannt. Kemp ist beim Anblick des kleinen Portraits wie elektrisiert, und vereinbart, seinem Impuls folgend, ein Treffen mit Silverman in Zürich, der die Zeichnung in einem Tresor aufbewahrt. Beide sind der Meinung, dass es sich um eine äußerst ungewöhnliche Wiedergabe handelt und beschließen, intensiv nach der Herkunft zu forschen, koste es, was es wolle! Denn gelänge der Beweis, dass das Portrait zu Leonardos Lebzeiten (1452 – 1519) gemalt wurde, der historische Hintergrund zur Biografie des Malers passt, könnte es einem Schüler Leonardos wenn nicht gar dem Meister selbst zugeschrieben werden. Ihnen ist klar, welch steiniger Weg vor ihnen liegt: Im Kunstgeschäft, wo ständig Fälschungen auftauchen, zählen einzig Fakten.

Jetzt kommt der dritte Mann ins Spiel. Der französische Ingenieur *Pascal Cotte* besitzt entsprechendes Equipment, um das Alter eines Bildträgers exakt zu bestimmen: Mit einem Verfahren, das Bilder mit allen Spektren des Lichts abtastet, können unterschiedliche Farbschichten erforscht werden, von den ersten Strichen bis zu späteren Übermalungen und Restaurierungen. Dabei entdecken sie Hinweise, die durchaus auf Leonardo da Vincis Malweise schließen lassen. Auch das Sichtbarwerden der typischen Pinselstriche eines Linkshänders, der Leonardo bekanntlich war, versetzt sie in Euphorie! Eine Radio-Karbon-Untersuchung, Verfahren zur Datierung von kohlenstoffhaltigem, organischen Material, bestätigt, dass der Maluntergrund tatsächlich zwischen 1440 und 1650 hergestellt wurde. Leonardo lebte zu der Zeit in Mailand, erhielt Aufträge höfischer Portraits. Nach weiteren Recherchen kommen die drei Kunstdetektive zu der Erkenntnis, dass es sich bei der jungen Schönheit um eine uneheliche Tochter des Herzogs von Mailand handeln könnte, *Bianca Sforza,* die 1496 im Alter von 14 Jahren mit einem Befehlshaber der Mailänder Streitkräfte verheiratet wurde. Sie taufen das Portrait *La Bella Principessa.*

2010 veröffentlichen sie ihr Forschungsergebnis. Einige prominente Leonardo-Experten unterstützen die These, andere widersprechen vehement! Woher stammt das Portrait? Wo war es 5oo Jahre lang verborgen? Handelt es sich um Raubkunst aus jüdischem Besitz, gibt es Erben, die Anspruch erheben könnten? Es existiere keinerlei Beleg, dass der Schöpfer der *Mona Lisa* jemals auf Vellum gemalt hat. Offene Fragen, neue Zweifel wachsen! Hürden, die es zu nehmen gilt bei der Provenienz-Forschung. Da es am Rande des Bildes Spuren einer Fadenbindung gibt, winzige graue Schnittstellen zu sehen sind, könnte es sich um eine herausgetrennte Buchseite handeln. Da kommt ein Hinweis von *Edward Wright,* amerikanischer Kollege von Kemp: In der polnischen Nationalbibliothek in Warschau befände sich eine Chronik des Herzogs von Mailand und der Familie Sforza. Mit Unterstützung der *National Geographic Society* reisen Kemp und Cotte nach Warschau. Und wirklich fehlt am Anfang der kostbaren Chronik, da, wo ein Portrait zu erwarten gewesen wäre, ein Blatt! Jetzt ist man überzeugt, dass es sich um ein Werk Leonardos handeln muss, das aus dem Geschenkband entnommen und später gerahmt wurde.

Die neuen Erkenntnisse werden, auch aus Furcht vor juristischen Folgen im Fall eines Irrtums, von Fachleuten nicht bestätigt. Die Kunst- und Sforza-Expertin *Maike Vogt Lüerssen* meldet sich zu Wort: Sie ist sicher, dass die junge Frau auf dem Portrait in keinem Fall Bianca Sforza sein kann, denn w*äre sie wirklich ein Mitglied der mailändischen Herrscherfamilie gewesen, hätte der Maler sie mit dem charakteristischem Symbol dieser mächtigen Dynastie versehen* - bei weiblichen Portraits immer eine *Offene Schleife* am Gewand der Trägerin! Mit gründlich recherchierten historischen Daten und detaillierten Fotos erbringt sie den Beweis, dass es sich bei der jungen Frau um *Angela Borgia Lanzol* handeln muss, Hofdame und Cousine der berühmt berüchtigten *Lukrezia Borgia* aus Ferrara.

Echtes Bild – aber falsche Frau? Denn sie bestätigt, dass es durchaus von Leonardo gemalt sein könne. Eine Stickerei auf der Schulter des Gewands, eine zum so genannten *„Vinci-Knoten"* geschlungene Kordel zeigt die exakte Wiedergabe eines Details aus dem Wappen der von Leonardo gegründeten Akademie in Mailand! Räumt dabei ein, dass es bei Gemälden der Renaissance, trotz der von Malern hinzugefügten Symbole der großen Dynastien, keine hundertprozentige Sicherheit geben könne bei der Identifizierung der Maler und der Dargestellten.

Während die Wolken weiter ziehen, Experten sich weiter uneins sind, verschläft die kleine Schönheit den Wirbel um ihr hoch gehandeltes Dasein im dunklen Schweizer Tresor. Achtzig Millionen Dollar wurden angeblich bereits dafür geboten! Ob der Sammler sich von seinem Bild nicht trennen kann, oder weiter auf die endgültige, zweifelsfreie Expertise wartet? Die schöne Prinzessin oder Hofdame, was immer sie gewesen sein mag, dann mit einem Paukenschlag aus ihrem Dornröschenschlaf geweckt würde? Es geht um Geld, um viel Geld!

Wir fassen uns in Geduld, warten auf den Tag, an dem die schöne Angela Borgia aus ihrem dunklen Gefängnis befreit wird. Doch ob wir ihr Bildnis im *Louvre* oder im *Leonardo-Museum in Vinci* jemals bewundern können, bleibt fraglich: Welches Museum verfügt schon über solch hohen Millionen-Etat für Ankäufe? Vermutlich ergattert es irgendein Oligarch und es verschwindet für immer in den Weiten Russlands!

Quellen: Artikel von Tom O`Neill
Maike Vogt-Lüerssen, weblog
Ulli Tückmantel, RP-online

GESTERN NOCH

gestern noch
schöner sinnlicher
mund
liebkost geküsst
heute mundstück nur
nutzlos wie
sich nie wieder
öffnender muttermund
wiederhole mein lied
mundorgel tönt
ungehört von dir
in meiner mundart
singe ich
wiederhole mein lied
spiele mundharmonika
schürze die lippen
über meine hand
hauche ich
kussmund dir
straft mich mundfäule
nikotin mündigkeit
ohne da zu sein
bin ich mundloch nur

kämst du zurück
mundraub belohnt ich dir

Es gibt einen Ort, den man ohne triftigen Grund nicht aufsuchen würde, es sei denn, man wohnt dort oder geht ins *MiR*:*: Gelsenkirchen! Der Stadtteil Buer birgt aber ein Kleinod in seinen Mauern, ein absolutes Highlight unter den Museen im Ruhrgebiet, in dem sich Europas größte Sammlung Kinetischer Kunst befindet! Kinetik: Begriff aus der Physik, die Lehre von Kräften, die nicht im Gleichgewicht sind. In den 1960er Jahren populär geworden, liegt ihr Ursprung in kunstgewerblichen mechanischen Apparaten und ästhetischen Wasserspielen der Barockzeit. In der Moderne sind ihre Anfänge in Licht- und Bewegungsspielen zu finden. Jean Tinguely gilt als Hauptvertreter dieser Kunstrichtung. Sie interessieren sich nicht für diese Art von Kunst? Fahren Sie trotzdem hin, nehmen Sie ihr Kind oder Enkelkind an die Hand und versprechen zwei kurzweilige Stunden! Denn im Gegensatz zu allen anderen Museen gibt es hier kein Berührungsverbot. Die Besucher werden aufgefordert, aktiv zu sein, die Objekte in Bewegung zu versetzen, die Kunst zu verändern, in dem sie damit spielen: Ihr eigenes, inneres Kind, das Sie sich hoffentlich bewahrt haben, wird staunen, sich freuen, die Zeit vergessen!

Gleich am Eingang hängt ein überdimensionaler

Gong, dessen transparente Metallhaut in wunderbar harmonischen Erdtönen schimmert, durchwoben von Schriftzeichen und geheimnisvollen Mustern. Ein Schlägel mit filzbezogenem Kopf lehnt griffbereit daneben. Nach einem kräftigen Schlag damit - man muss sich nur trauen - ertönt ein sonorer, samtiger Klang, ähnlich dem majestätischen meditativem *Omm* - der lange nach vibriert, allmählich verklingt. Man wird nicht müde, ihm zuzuhören! Ein rechteckiger Tisch auf schwarzen Stahlbeinen das nächste Objekt. Auf der mit einer Kante eingefassten, weiß ausgekleideten Tischplatte ruhen große und kleine schwarze Metallkugeln. Ihr Abstand zueinander scheint sorgsam abgestimmt, von großer Harmonie. Klatscht man in die Hände, oder ruft „Los", kommt Bewegung in die Sache: Die Kugeln rollen hier hin und dorthin, nicht planlos, einer wie von Zauberhand ausgelösten Ästhetik folgend. Man könnte stundenlang zuschauen.

An der Wand gegenüber hängt ein riesiges, beigefarbenes Kunststoffgestell, die horizontal laufenden Stangen sind bestückt mit hunderten beweglicher kleiner Haken, die auf Rollen laufen. Was hat es damit auf sich? Ein Besucher vor uns schiebt sie zu Mustern, formt ein Herz, Buchstaben, vieles scheint möglich und wir warten ungeduldig darauf, selbst tätig zu werden. Man denkt an einen Abakus, altmodischer Rechenschieber, früher in fast jedem Kinderzimmer vorhanden. Weiter geht es zu einer Installation, wo der Künstler mit Spiegeln gearbeitet hat. Man weiß, dass der Innenraum, in den man schaut, begrenzt ist: Hier aber geht es endlos in die Tiefe, als blicke man in einen Fahrstuhlschacht: Farbvielheit, blinkendes Metall, reflektiert von geheimnisvollen Lichtquellen, staunen und wundern ohne Ende! Daneben eine schmale, hohe Vitrine, ausgekleidet mit stoffbezogenem Schaumstoff, die auf den ersten Blick langweilig aussieht. Dann ziehen zwei kleine Nippel, die aus dem weichen, hautfarbenem Untergrund plötzlich auftauchen, eine vertikale Bahn, verschwinden wieder, tauchen erneut auf, langsam und stetig. Es hat etwas Erotisches, löst Unbewusstes. Die Frage, nach welchem Rhythmus, welchem System diese Wiederholungen folgen, bleibt vorerst unbeantwortet: Zuviel Anderes lockt!

Kleine Filzkreise ruhen harmlos auf einem grünen, prall gefüllten Kissen. Man will schon weitergehen, da geraten die roten Punkte in Bewegung, heben sich leicht empor, als winkten sie uns zu. Ein Lächeln bleibt - man bewundert die Ideenvielfalt der Macher, die gekonnt technische Umsetzung! Ein in zarten Pastellfarben beleuchteter Kasten an der Wand fordert uns auf, seine davor befestigten Scheiben zu verschieben: Immer neue Muster entstehen, ein buntes Kaleidoskop, das unseren Blick festhält.

Neben anderen Installationen liegen weiße Handschuhe, die man benutzen soll um die Oberfläche zu berühren, Bewegung auszulösen. Fast jeder Museumsbesucher muss dazu erst seine Scheu überwinden. Für Freunde der Klassischen Moderne gibt es im oberen Stockwerk noch eine Sammlung mit Gemälden deutscher Expressionisten: Sorgsam ausgewählte Einzelstücke von Emil Nolde, Christian Rohlfs, Ludwig Kirchner, Skulpturen von Ernst Barlach und Georg Kolbe. Jetzt benehmen wir uns wieder erwachsen, anfassen gilt hier nicht.

Im Erdgeschoss, gleich links vom Eingang, hat sich ein italienisches Restaurant etabliert, auch das ungewöhnlich, weil wir auf die sonst übliche kleine Cafeteria gefasst waren. Bei Pasta einem Espresso lassen wir das Erlebte Revue passieren: Fahren Sie hin, es lohnt sich!

*Musiktheater im Revier

Inhalt